Thermentod
von Helmut Vorndran

Folge 2: Der Fall Buddha

1. Auflage 2014

www.guidemedia.de

GUIDEMEDIA

Satz und Gestaltung: GuideMedia GbR, Bamberg
Druck und Bindung: Louis Hofmann Druck- und Verlagshaus GmbH & Co. KG, Sonnefeld

ISBN: 978-3-9812693-9-0

***

Mit freundlicher Unterstützung der Obermain Therme Bad Staffelstein
Website zum Buch: www.thermentod.de

Liebe Gäste, liebe Gästinnen

Dies ist ein Grußwort, also begrüße ich Sie, als Urheber dieser Schrift, zum zweiten Teil des „Thermentods" auf diesen Seiten aufs Herzlichste.

Allerdings befürchte ich, dass dem einen oder anderen Leser nicht ganz klar ist, worauf er sich hier eingelassen hat. Dies ist ein Kriminalroman, ergo werden sie hier Mord und Totschlag vorfinden und zwar von der übelsten Sorte. Noch dazu werden diese Verbrechen von Personen begangen, die Ihnen womöglich von irgendwoher, irgendwie bekannt vorkommen. Und das angesichts der Tatsache, dass doch alle Figuren frei erfunden sind.
Nun, sollte dies der Fall sein, seien Sie beruhigt, Sie täuschen sich nicht. Ähnlichkeiten mit real lebenden Persönlichkeiten sind bei diesem Projekt leider nicht zu vermeiden. Sollte ihnen also die eine oder andere Leiche noch lebend über den Weg laufen, warten Sie einfach ab, alles ergibt sich. Auch gibt es sicherlich Mitmenschen des öffentlichen Lebens, die sich selbst in diesem kleinen Roman schmerzlich vermissen werden. Diese, vermutlich politisch tätigen Mitbürger, können versichert sein – der nächste Teil kommt bestimmt, Leichenbedarf vorausgesetzt.

Von all diesen Unwägbarkeiten einmal abgesehen, wünsche ich aber nun viel Spaß mit dem Thermentod Teil 2. Lesen Sie langsam, in kleinen Bissen, schlingen Sie nicht und suchen Sie bei körperlichen oder seelischen Beschwerden sofort den neuen Saunabereich auf, dann wird alles gut.

Helmut Vorndran
Kriminalschriftsteller

Thermentod

von Helmut Vorndran

Folge 2:

Der Fall Buddha

- Was bisher geschah -

In seinem Horoskop stand klipp und klar: „Bleiben Sie lieber im Bett“. Und daran hätte sich Peter Zillig an diesem Tag wohl auch besser halten sollen. Vor allem, weil das Schicksal in seiner unerbittlichen Willkür ausgerechnet ihn, einen kleinen, unbedeutenden Fachangestellten für Bäderbetriebe in Bad Staffelstein, ausersehen hatte, heute seine masochistischen Grenzen auszutesten. Irgendwie sollte dieser Tag nicht gut, vor allem aber mit einer widerspenstigen Toilettenschüssel und einer geschwollenen linken Gesichtshälfte enden.
Mit im Spiel auch der große Gönner und Scheich der Obermain Therme aus dem Emirat Katarrh, Abdullah Machmadinedschad. Der stinkreiche Sprössling eines ehemals ärmlichen Beduinenscheichs aus der südwestlichen Sahara hatte, weiß der Teufel warum, einen Narren an der wärmsten Thermalquelle Bayerns gefressen. Er hatte Geld und verteilte dieses auch großzügig. Allerdings hatte er sich das eine Spur zu weit und zu lange heraushängen lassen, was schließlich zu seinem plötzlichen Ableben führte. Thermenleiter Hans Josef Schnitt ließ die sterblichen Überreste des Wüstensohnes ihre letzte, jedoch verdiente Ruhestätte im Beton des neu erbauten Warmwassersprudelbeckens finden.
Zur feierlichen Einweihung des Whirlpools wurde zum einen der berühmte Longdrink „Mai Scheich“ kreiert, andererseits stellte sich aber auch heraus, dass der Beton dem Gasdruck des Scheichs nicht standhielt und gefährliche Gase aus dem Fundament entweichen konnten. Daraufhin wurde Ortspfarrer Gerhard Eisenring vom Thermenleiter daran gehindert, mit seinen kerzentragenden Ministranten dem Whirlpool zu nahe zu kommen. Das war Schnitt dann feuertechnisch doch zu heikel, was aber nun wiederum zu einer massiven liturgischen Missstimmung beim Ortspfarrer führte.
Mittendrin in dem ganzen Desaster die männerfressende Gräfin Ursula von Zicklitz, immer verzweifelt bemüht, einen männlichen Badegast in ihr alkoholisiertes Netz einzuspinnen.

Der Braten

Es wird mit Recht ein guter Braten
Gerechnet zu den guten Taten
Und dass man ihn gehörig mache,
Ist weibliche Charaktersache.
Ein braves Mädchen braucht dazu
Mal erstens reine Seelenruh,
Dass bei Verwendung der Gewürze
Sie sich nicht hastig überstürze.
Dann zweitens braucht sie Sinnigkeit,
Ja, sozusagen Innigkeit,
Damit sie alles appetitlich,
Bald so, bald so und recht gemütlich
Begießen, drehn und wenden könne,
Dass an der Sache nichts verbrenne.
In summa braucht sie Herzensgüte,
Ein sanftes Sorgen im Gemüte,
Fast etwas Liebe insofern
Für all die hübschen, edlen Herren,
Die diesen Braten essen sollen
Und immer gern was Gutes wollen.
Ich weiß, dass hier ein jeder spricht:
Ein böses Mädchen kann es nicht.
Drum hab‘ ich mir auch stets gedacht
Zu Haus und anderwärts:
Wer einen guten Braten macht,
Hat auch ein gutes Herz.

Wilhelm Busch

Fleischeslust

Clemens Prüdiger betrat seinen Gastrobetrieb am späten Nachmittag in der Obermain Therme in Bad Staffelstein ohne wirklich gewusst zu haben wie er hinein gekommen war. Sein Geist war von großen, massiven Eisenklammern umfangen. Die Sinne wie Sehen, Riechen und Hören, die sich mit der Außenwahrnehmung zu beschäftigen hatten, liefen bestenfalls auf Standby und sein Gehirn wäre jetzt durchaus in der Lage gewesen, sich einem x-beliebigen Staffelsteiner Bäcker als Teig anzubieten. Seine Welt existierte nur noch in Grautönen, jegliche Freude im Leben war völlig außer Reichweite, alles war öde und leer.

Sindy hatte ihn verlassen.

Sindy hatte ihn zum Schluss nur noch mit einem traurigen Blick angeschaut, sie hatte nichts mehr gesagt, sondern war mit einem Koffer in ihren uralten Renault Twingo mit nicht mehr zu öffnendem Rolldach gestiegen, den er ihr einmal geschenkt hatte, und war in Richtung genetischer Herkunft, also nach Suhl, davongefahren. Clemens Prüdiger war am Ende. Sindy war seine

Traumfrau gewesen, auch wenn ihm jeder, von dem er es hören wollte oder auch nicht, gesagt hatte, dass sie nicht zusammenpassen würden, und dass das mit ihnen beiden niemals gutgehen könnte. Er war aus Franken, sie aus Thüringen. Er war gelernter Metzger, sie Veganerin. Er wollte das Restaurant vergrößern, sie einen Zoo für ausgesetzte Kuscheltiere eröffnen. Er arbeitete hauptsächlich abends und am Wochenende, sie gar nicht. Wenn sie sich überhaupt sahen, dann nur, wenn sie in der Küche mitgeholfen hatte. Das aber auch nur, wenn er nichts mit Fleisch kochte und alles weg ließ, was den Tieren vom Menschen geklaut wurde, also Eier, Honig oder Milch. Also kurz gesagt, sie sahen sich fast nie. Trotzdem war er völlig vernarrt in sie gewesen. Sindy, die Frau, die wie eine junge Kopie von Kim Wilde ausgesehen hatte mit ihrer blonden Löwenmähnenfrisur und der Kette mit den blauen Steinen um den Hals. Irgendwie würden sie ihr Leben schon auf die Reihe kriegen, würden einen Weg zum gemeinsamen Leben finden. Er hatte immer daran geglaubt, hatte gekämpft - und jetzt hatten die anderen, die Dunkelseher und Superpessimisten doch Recht behalten.

Sindy war fort.

Das hieß nun, ganz pragmatisch gedacht, im Umkehrschluss, dass er den Gastrobetrieb „Beim Prüdiger" ab sofort alleine schmeißen musste. Denn mit Sindy war auch seine beste Küchenhilfe gegangen: Renate, die beste Freundin von Sindy. Nicht, dass er mit ihr irgendwie verkracht gewesen wäre, überhaupt nicht. Aber Sindy hatte in den paar Wochen, in denen sie in sein, Clemens Prüdigers Leben getreten war, nicht nur sein Innenleben ins Chaos gestürzt, sondern zu allem Überfluss auch noch Renate zur Veganerin bekehrt. Sie könne hier nicht mehr kochen, stellte sie ihm gegenüber fest, beim Anblick von Honig und dem nicht wiedergutzumachenden Leid, das die Bienen von den Imkern erdulden mussten, wurde ihr nur noch schlecht. Sie würde diesen verbrecherischen Job hier aufgeben und mit Sindy ein Tierhotel für ausgesetzte Pelztiere eröffnen. Zack, das wars, dann hatte sie ihm ihre Küchenschürze in die Hand gedrückt, sich umgedreht und zu Sindy ins Auto gesetzt.

Das mit dem Restaurant war vorher schon ein anstrengender Job gewesen, jetzt war er, ohne Renate, fast unmöglich. Jedenfalls nicht ohne das sichere Fernziel Burnout. Aber da musste er jetzt durch. Freizeit war für Clemens Prüdiger ab sofort ein Fremdwort. Er durfte nicht krank werden, Überstunden ohne Ende schieben und Urlaub konnte er sowieso vergessen. Aber es half ja alles nichts, jammern konnte er später. Jetzt musste er sich um die Kulinarien kümmern und die Küche anschmeißen. Irgendwie würde er das erst einmal alleine hinkriegen, auch wenn sein Stresspegel heute schon weit über dem Limit war. Er öffnete die Tür zur Küche, und sogleich schlug ihm dicker, weißer, feuchtheißer Dampf entgegen. Erschrocken trat er erst einmal einen Schritt zurück und schaute dem dampfenden Nebel zu wie er ihn begierig einzuhüllen begann. Dann sah er, dass die Lampen in der Küche noch brannten und mühsam versuchten, ihr Licht durch diese Waschküche zu schicken. Es dauerte eine Weile, bis sein gequältes Gehirn die richtigen Schlüsse zog. Er hatte in dem ganzen Durcheinander den Herd in der Küche angelassen. Die Gemüsesuppe...

Es traf ihn wie ein Blitz. Während er draußen verzweifelt erst mit Sindy, dann mit Renate diskutiert hatte, war ihm der Riesentopf mit der heutigen Tagessuppe völlig aus dem Sinn geraten. Es war zwar einiges an Flüssigkeit, was dieser Topf fassen konnte, aber viel konnte nicht mehr darin sein. Er hatte vergessen, den Herd abzuschalten, durchfuhr es ihn in seiner aufkommenden Panik. Mit zusammengekniffenen Augen tastete er sich vorsichtig Schritt für Schritt durch den Nebel und seine Küche, ausschließlich der groben Erinnerung über die örtlichen Gegebenheiten seines Arbeitsplatzes vertrauend. Schließlich meinte er, die große Warmhalteplatte aus Edelstahl erreicht zu haben, die sich direkt neben dem Herd befand. Er tastete sich am Rand der Platte entlang in der Hoffnung, auf diese Weise schlussendlich den Herd und damit den Suppentopf zu finden. Es war aber kein Suppentopf, auf was seine suchenden Hände stießen, stattdessen hatte er ganz plötzlich ein Stück Fleisch in der Hand. Es fühlte sich an wie Rehkeule oder der hintere Teil einer Schweinehälfte. Er konnte sich aber nicht erinnern, Derartiges aus dem Kühlraum geholt zu haben…

Gräfin Ursula von Zicklitz war unzufrieden. Das war für sie kein wirklich ungewöhnlicher Gemütszustand, es war eigentlich sogar normal. Allerdings war der Grund für ihre Unzufriedenheit durchaus unterschiedlich. Mal war es das angeblich schlechte Essen, mal war das Thermenwasser zu kalt oder zu warm, mal die Sonne zu hell oder die Nacht zu dunkel. So richtig gut konnte sie eigentlich nichts finden. Und über all diesen Unwägbarkeiten schwebte ihr alles durchdringender Wunsch, in diesem Kuraufenthalt hier ein männliches Wesen von sich zu überzeugen und in ihr Leben einzusperren. Aufgrund ihres weit fortgeschrittenen Alters, schließlich befand sie sich bereits in den späten Siebzigern, war dies ein einigermaßen ambitioniertes Unterfangen, da sich die sekundären Geschlechtsmerkmale in diesem Alter doch sehr gern den physikalischen Gesetzmäßigkeiten unterwerfen und der Schwerkraft folgend in Richtung Erdmittelpunkt streben. Das focht Ursula von Zicklitz aber in keinster Weise an. Sie war mit 39 eine absolut unwiderstehliche Frau gewesen. Und keine Frau wurde jemals älter als 39, wenn sie einmal unwiderstehlich gewesen war. Das hatte schon Coco Chanel verkündet. Also beschloss sie damals mit 39, sie würde nicht mehr älter werden, die gute Coco - und ganz besonders nicht Gräfin Ursula von Zicklitz. Schließlich gab es sehr gute neue Materialien, aus denen man ziemlich rabiate Büstenhalter bauen konnte, die auch ihren Bedürfnissen standhielten. Außerdem machte die plastische Chirurgie ja fast täglich Fortschritte, und Gräfin Ursula von Zicklitz hatte bereits ihr halbes Vermögen in die experimentelle Schönheitschirurgie investiert. Sie konnte gar nicht

begreifen, dass der männliche Anteil in der Obermain Therme hier nicht mit starrem Blick und permanentem Speichelfluss willenlos hinter ihr her trottete. Dieses Nichtvorhandensein männlicher Aufmerksamkeit hier in der Therme löste bei ihr schon seit längerem eine chronische Missstimmung aus.
Allerdings rührte ihre schlechte Laune im Moment eigentlich nicht von Gedanken über das männliche Geschlecht und dessen Ansprüche an ihr Erscheinungsbild her, sondern war heute durch den Umstand befördert, keinen Platz mehr in der Sauna erhalten zu haben. Die gesamte Saunalandschaft der Obermain Therme wurde ja gerade mit einem riesigen, neuen Saunapark versehen, der sich aber gerade noch mitten in der Bauphase befand. Wenn dieser Saunabereich erst einmal fertig war, standen auf einen Schlag 15 000 Quadratmeter Saunalandschaft unterschiedlichster Art zur Verfügung. Aber bis dahin war im Eingangsbereich zur bestehenden Sauna Nahkampfausbildung oder sehr frühes Aufstehen erforderlich, sonst kam man dort nicht hinein. Beides hatte die Gräfin leider nicht zu bieten, was dazu führte, dass sie regelmäßig vor verschlossener Tür stand. Wegen Überfüllung geschlossen, konnte sie in roten Leuchtbuchstaben neben der Eingangstür lesen.

So auch heute, und zwar schon den ganzen Tag. Als Kompensation für diese permanent unbefriedigenden Umstände reagierte ihr Gemüt mit Übellaunigkeit und ihr Körper mit alkoholischen Nachforderungen. Und genau diesen dringlichen Signalen ihres Unterbewusstseins hatte die Gräfin heute bereits reichlich entsprochen. Mit einem Sektglas in der Hand und der Saunatasche über der Schulter wankte sie mehr oder weniger ziellos in ihren wallenden Gewändern durch die Außenbereiche der Therme. So richtig wusste sie gerade nichts mit sich und diesem Tag anzufangen. Es würde wohl so laufen wie immer. Ein paar halbherzige Versuche, umherstreunende Singlemänner anzuschmachten, wahrscheinlich wieder erfolglos, und dann den Rest des Tages an der Bar... Plötzlich umschmeichelte etwas Warmes, Weiches ihre Füße, und sie blickte erstaunt zu Boden. Ein zarter, weißer Nebel hatte sich an ihre Fesseln geschmiegt, der aus der Tür direkt neben ihr ausgetreten war. Schlagartig begann ihr Verstand, soweit er noch funktionstüchtig war, mühsam zu arbeiten. Wo sie gerade mit ihrer ziellosen Wanderung gelandet war, kriegte sie nicht mehr so ganz auf die Reihe, aber das Gefühl an ihren Füßen war außerordentlich angenehm. Dampf? Eine Tür ohne Aufschrift. Was sollte das für eine Räumlichkeit sein, aus der Dampf austrat? Dann begannen ihre Synapsen schwerfällig zu arbeiten. Dampf, Therme, das konnte nur eines bedeuten: Dampf – Sauna. Das gehörte zusammen wie Yin und Yang, wie Sekt und Sie. Aha, Sauna, wahrscheinlich eine Sauna im Probelauf. Womöglich befand sie sich durch ihre zufälligen Wege bereits in dem neuen Saunaareal. Und sie war durch Zufall in dieses sicher unglaublich geheime Dampfexperiment geraten. Ein spitzbübisches Lächeln stahl sich auf ihr Gesicht, und die üppig geschminkte gräfliche Haut dehnte sich in den Mundwinkeln seit langem wieder einmal bis zur Belastungsgrenze.

Hans Josef Schnitt, Geschäftsführer der Obermain Therme in Bad Staffelstein, glaubte sich in einem falschen Film zu befinden. Eigentlich war er sich sicher, in den letzten Jahren ein wirklich sehr guter und ausgeglichener Leiter dieser Wellnessanstalt gewesen zu sein. Aber die letzten Monate, Wochen und vor allem Tage zerrten mit Vehemenz an seinem Nervengerüst, vielmehr an dem, was davon übrig war. Die ganze Geschichte mit diesem Scheich und seinen absonderlichen Gelüsten, die schließlich dazu geführt hatten, dass er, Hans Josef Schnitt, seine fränkisch katholische Erziehung vergessen hatte und den Wüstenheini im Betonfundament des Whirlpools der Therme entsorgte. Dieses ganze Theater hatte ihn seelisch, moralisch, vor allem aber nervlich doch etwas aus der Bahn geworfen. Und dann, als er eigentlich geglaubt hatte, die ganze Geschichte wäre vergraben und vergessen und er könnte nun in aller Gelassenheit den neuen Außenbadebereich der Therme einweihen, genau in diesem Moment musste sein oberschlauer Mitarbeiter Zillig feststellen, dass aus dem Inneren des Whirlpools faulig riechende Gase austraten. Zum Glück hatte er während der feierlichen Einweihungszeremonie gerade noch verhindern können, dass der Staffelsteiner Stadtpfarrer mit seinen Kerzen tragenden Ministranten der hochentzündlichen Gasquelle zu nahe gekommen war. Gepasst hatte das dem Würdenträger zwar nicht, und den ganzen Nachmittag musste er sich von Pfarrer Eisenring anhören, dass das mit dem Whirlpool vom spirituellen Standpunkt aus betrachtet keine richtige Ordnung habe mit der Einweihung, aber sein segensreiches Geschäft konnte der Mensch ja nun wirklich auch in einer anderen Ecke des Thermengeländes verrichten. Eine Stichflamme am nagelneuen

Sprudelbecken oder Schlimmeres konnte er jedenfalls gerade nicht gebrauchen. Nach der Einweihungsfeier hatte Schnitt jedenfalls erst einmal eines dieser billigen Plastikzelte von der Baustelle nebenan entwendet, über den Pool bauen lassen und ihn gesperrt. Was er mit einem Warmwassersprudelbecken anfangen sollte, aus dem permanent Faulgas austrat, würde er sich erst noch überlegen. Bis dahin blieb das verdammte Teil eben ungesegnet und gesperrt, basta. Für Hans Josef Schnitt gab es nun wirklich größere Probleme als einen liturgisch unbefriedigten Ortspfarrer.

Denn kaum hatte er die feierliche Zeremonie am vergangenen Wochenende hinter sich gebracht, drohten schon die nächsten Nervendehnungen, eine regelrechte Herkulesaufgabe in seinem Wirkungsbereich. Denn gerade als die erste Baumaßnahme „Whirlpool" beendet war, bekam die Staffelsteiner Obermain Therme schon eine nächste, die ultimative Baustelle. Einen nigelnagelneuen Thermenkomplex von der Größe eines fränkischen Regionalflughafens. 15 000 Quadratmeter nur für Saunagäste, die sich in mannigfaltiger Weise in verschiedenen Etablissements saunatechnisch vergnügen sollten. Ein Wahnsinnsprojekt, das eigentlich aus lauter einzelnen kleinen Baustellen bestand, die sorgsam und gründlich überwacht sein wollten. Die Obermain Therme hatte dafür sogar einen lokalen Stararchitekten für teures Geld engagiert, der für zügige und konsequente Umsetzung der Pläne sorgen sollte. Schließlich war für den Bad Staffelsteiner Saunagast nur das Beste gut genug. Da sollte es dann einen künstlich angelegten See mit echten fränkischen Fröschen geben. Einen umgeleiteten Bach, der fröhlich plätschernd das Gelände querte und vor allem etliche kleine Behausungen, in denen der Gast, je nach Vorliebe und Nationalität, seiner präferierten Entspannung frönen durfte. Geplant war unter anderem eine russische Sumpfsauna, Banja genannt, ein Meditationshaus, eine tibetische Gebetssauna mit Buddha, ein türkisches Hammam, die berühmte Schweizer Racletteuse, japanische Tempelhäuser, eine Ruhesauna, ein schwedischer Räucherraum, eine Salzsauna mit eigenem Gradierwerk, die in Europa einmalige Schneesauna aus Nowosibirsk und natürlich die klassische finnische Sauna, in der sich der Besucher mit heimischen Birkenzweigen selbst auspeitschen durfte. Soweit der Plan. Aber das war alles noch Theorie, ferne Zukunft. Im Moment stand Hans Josef Schnitt inmitten einer gigantischen Baustelle, die erstens durch ihren betonartigen Charme und zweitens durch ihre Unfertigkeit glänzte. Was Schnitt am meisten ärgerte, war der sogenannte Architekt Möller, der seit der Vergabe des Projektes hauptsächlich durch Abwesenheit glänzte und ungefähr so oft auf der Baustelle aufzutauchen pflegte wie der Papst, nämlich gar nicht.

Der eigentliche Spiritus Rector dieser unfertigen Saunalandschaft war Hans Josef Schnitt, der darob schon einigermaßen angefressen war. Wieder schaute er noch einmal 360 Grad in die Runde, ob sein geliebter Architekt nicht vielleicht doch gerade um die Ecke kam.

Die Außenterrasse der Staffelbergklause bot eine gigantische Aussicht hinüber nach Vierzehnheiligen oder, wenn man mit seinen Blicken das Maintal überquerte, nach Kloster Banz. Die zwei Männer saßen sich gegenüber und genossen das bombastische Panorama schon seit geraumer Zeit, ohne darüber ein Wort zu verlieren. Der Ältere und Kleinere der beiden, der ab und zu einen kleinen Foxterrier streichelte, wollte nun aber doch etwas von seinem langjährigen Kumpel wissen, der ihm an der Bierbank gegenüber saß.

„Du, soch amal Herbert, bist jetzt du scho bensioniert oder wie issn des etzerd mit dir eichendlich?“ Der Angesprochene war so in seine Gedanken versunken, dass ihn die Frage ein wenig erschreckte und er, aus seinen melancholischen Träumen gerissen, zusammenzuckte. Bevor er antwortete, griff er erst noch einmal zu seinem Seidla und gönnte sich einen langen Schluck von seinem Bier.

„Na Herrmann, ich bin noch net bensioniert, wie kommst du jetzt darauf bittschön?“, meinte er leicht amüsiert, während sein Blick bereits wieder in die liebliche Landschaft des Maintales zurückwanderte.

„Naja, ich maan ja bloß. Die ganza Zeit hockste da mit mir da heroben aufm Staffelberch, Dooch für Dooch, und dusd bloß glotzen und Bier drinken. Und des etzerd scho den ganzen Sommer, ... ich maan ja bloß, ... weil bei mir is ja wurscht, ich bin ja bensionierd ...“, meinte Herrmann Schleicher, der Studienrat a.D. und streichelte wieder seinen Terrier unter dem Tisch. Architekt Herbert Möller nahm den Einwand mit einem Schmunzeln zur Kenntnis, sagte aber erst einmal nichts. Nach einigen weiteren Sekunden der Meditation meinte er dann ruhig:

„Nein, ich bin nicht pensioniert, Herrmann, ich arbeite. Gerade im Moment sogar“, ein spitzbübisches Lächeln stahl sich in sein Gesicht, bevor er fortfuhr.

„Ich war nie im Staatsdienst wie du, Herrmann, ich war immer selbständiger Architekt. Da muss man schon sehen, wo man bleibt und sich rechtzeitig die richtigen Verbindungen aufbauen, verstehst du? Landrat, Bürgermeister, Staatsminister. Und wenn dann die Bauvergabe erst einmal unterschrieben ist, dann läuft so eine Baustelle fast von alleine. Wenn ich dann einmal im Monat mal drüber schaue, ist das vollkommen ausreichend". Vollkommen zufrieden mit sich und der Welt lehnte sich Architekt Herbert Möller nach hinten und verschränkte die Arme hinter dem Kopf.

Sie sah sich noch einmal verstohlen um, dann öffnete sie die Tür zu dem dampfenden Raum und huschte flugs hinein. Diffuses Licht drang durch die wabernden Nebel, die ihr sofort ins Gesicht schlugen und feucht unter ihre Kleidung drangen. Es musste wohl so eine neuartige Biosauna sein, denn es duftete aromatisch nach frischen Kräutern, Möhren und Lauch. Wirklich angenehm. Und sie merkte auch sogleich, dass sich ein leichter Appetit in ihr regte. Absolut anregend für die Sinne und die Peristaltik, stellte sie zufrieden fest. Mit der freien Hand tastete sie sich durch den Raum, bis ihre Finger endlich eine waagerechte Fläche fanden. Etwas Metallisches konnte sie erfühlen, das sich sehr angenehm und warm anfühlte. Sie schob sich und ihren Körper an der Platte entlang, bis sie neben sich ein leises Sprudeln hören konnte. Das musste wohl der Aufguss sein, denn aus dem Gefäß stiegen die weißen, heißen Dämpfe empor. Was sie aber am meisten entzückte, war der Umstand, dass sie vollkommen alleine war. Zur Kontrolle warf sie noch ein lautes „Hallo" in den Raum, aber niemand antwortete ihr. Gräfin Ursula von Zicklitz hatte den Hauptgewinn gezogen. Sie war völlig alleine in einer nagelneuen Sauna im ersten Testlauf. Sie war die erste Saunagängerin, und bestimmt würde man nachher von ihr eine Meinung, eine Bewertung über die neue Attraktion haben wollen. Vielleicht kam ja sogar der Geschäftsführer der Obermain Therme, dieser imposante Herr Schnitt, persönlich vorbei, um sich ein Bild von der neuen Einrichtung zu machen. Na, dann konnte der sich aber auf etwas gefasst machen. Dann kam er ihr mit seiner Unnahbarkeit aber nicht mehr davon. Da musste für sie schon etwas mehr herausspringen als das übliche Glas Sekt an der Bar, dachte sie fröhlich und zog mit einer schwungvollen Bewegung ihre Tunika vom Körper. Das war aber wohl ein etwas zu euphemistisches Unterfangen, denn zum einen glitt ihr das halbdurchsichtige Stoffteil aus den feuchten Fingern und zum anderen kam ihr alkoholisierter Leib doch beträchtlich ins Schwanken, so dass sie sich doch sehr benommen fühlte und sich plötzlich an der warmen Edelstahlplatte festhalten musste. Auf dem Boden der physikalischen Tatsachen angelangt beschloss sie, sich nun doch erst einmal mit ihrem Allerwertesten hinauf auf die erste Ebene des Saunaganges zu begeben. Die Platte war höher als gedacht und noch feucht dazu. Sie musste feststellen, dass man mit über 70 Lenzen nicht mehr allzu kletterfähig ist. Mit Mühe und Not und Hilfe eines umgedrehten Eimers, den sie unweit ihrer Position gefunden hatte, schaffte sie es schließlich hinauf auf die warme Edelstahlfläche. Tatsächlich ohne während der ganzen Leibesübung ihr Sektglas losgelassen zu haben. Mit ziemlichem Missfallen notierte sie in ihrem inneren Punkt 1 ihrer Mängelliste: Fehlende Aufstiegshilfe auf die untere Saunierebene. Aber gut, einmal angekommen war es richtig behaglich und warm. Ein wohliges Gefühl begann sich von ihren Oberschenkeln kommend in den Rest ihres Körpers nach oben zu arbeiten.

Globalisierung

Der nigelnagelneue Bereich der Obermain Therme zu Bad Staffelstein war im zeitlichen Verzug, und das nicht zu knapp. Schnitt wurde langsam sauer. Eigentlich gab es ja diesen leidlich begabten Architekten aus Kronach, der den Zuschlag für das ganze Projekt und vor allem die Bauaufsicht darüber bekommen hatte. Aber immer noch glänzte Herbert Möller in erster Linie durch professionelle Abwesenheit. Anstatt sich der ihm anvertrauten Bauaufsicht hinzugeben zog der Architekt es offensichtlich vor, mit einer unnachahmlichen Gelassenheit und Konsequenz seine Arbeit zu schwänzen. Gerüchteweise hörte Hans Josef Schnitt ab und an von seinem Stararchitekten und davon, Möller wäre auf einem Open-Air-Konzert in Erfurt, am Froschgrundsee bei Coburg oder bei der Eröffnung des fränkischen Dessertlöffelmuseums in Altenbanz gesichtet worden. Die häufigsten Meldungen kamen aber definitiv vom Staffelberg. In der dortigen Klause schien er doch überdurchschnittlich viele Stunden seines Lebens, vor allem aber seiner Arbeitszeit zu absolvieren, wie Schnitts inoffizielle Quellen berichteten. Hans Josef Schnitt ging dieser Umstand langsam aber sicher auf den Zeiger. Er hatte wirklich genug zu tun. Die letzten Wochen waren baustellentechnisch, nun, eher suboptimal verlaufen, und jetzt sollte er auch noch auf Dauer den Baustellenleiter spielen? Wozu bezahlte er eigentlich diesen Nebenerwerbsarchitekten? In Schnitts Blut begannen sich die ersten Adrenalinmoleküle zu einem spontanen Stelldichein zu verabreden.

Sehr zufrieden mit der Gesamtsituation begann die Gräfin ungeniert mit ihrer unteren Körperhälfte auf der warmen Platte hin und her zu rutschen, schließlich war das Bessere des Guten Feind. Vielleicht würde es ja ein paar Zentimeter weiter hinten ... sie erstarrte. Sie saß plötzlich stocksteif da und glaubte ihrer Wahrnehmung nicht zu trauen. Etwas unter ihr fühlte sich sehr ungewöhnlich an. Nicht unangenehm, eher genau das Gegenteil. Was sollte das bedeuten? Da war etwas genau unter ihr, etwas sehr Starkes sehr Männliches. Sie spürte genau, wie die Erregung in ihr Platz griff, aber sie traute sich nicht so recht den Gedankengang, der ihr durch den Kopf schoss, zu Ende zu denken. Es konnte kein Mann hinter ihr, geschweige denn unter ihr sein. Was machst du dir da für idiotische Gedanken, du dummes Huhn, dachte sie sich halb entrüstet und fingerte nach dem harten, länglichen Objekt da irgendwo zwischen ihren Beinen. Als ihre Finger das Ding umschlossen hatten, zog sie es mit einem leichten Erschauern zwischen ihren Beinen hervor. Sie musste sich das Teil ganz nah vors Gesicht halten, weil sie in dem dichten Nebel nichts sehen konnte. Als das Ding in ihrer Hand schon fast die Nase berührte, erkannte sie schließlich, was ihr da in die Sitzrille geraten war. Eine große Möhre, in Franken auch Gelbe Rübe genannt. Ein wirklich stattliches Exemplar seiner Zunft, geschält und von außerordentlichem Wuchs. Offensichtlich wollten die hier in diesem Biodampfbad noch ganz andere Experimente veranstalten als nur Sauna, überlegte sich die Gräfin irritiert. Ehrlich enttäuscht wollte Ursula von Zicklitz das ranke Gemüse weit weg auf die Seite legen, als sie plötzlich Geräusche von der entgegengesetzten Seite des Raumes vernahm. Es hörte sich so an als ob jemand eine Tür geöffnet hätte, und prompt spürte sie auch an ihren Füßen einen zarten, kühlen Lufthauch. Es war wohl vorbei mit der trauten Einsamkeit, ein weiter Gast der Therme hatte das Experiment entdeckt. Aber sie würde hier bleiben. Sie würde hier sitzen und keinen Millimeter weichen.

Sollte doch der oder die Unbekannte sich hier selbst einen Platz suchen. Sie, Gräfin Ursula von Zicklitz, hatte den idealen Platz in dieser Biosauna gefunden.

Es lief wirklich nicht gut für Hans Josef Schnitt. Gerade wieder kam dieser Polier der russischen Baustelle in Begleitung seines Faktotums auf ihn zu, das sich Übersetzer nannte. Das konnte nur wieder Ärger bedeuten. Erst gestern, am frühen Montagmorgen, hatten die finnischen Arbeiter nach einem speziellen Öl für das Holz verlangt, was aber in Deutschland nicht zu bekommen war. Also musste er zusammen mit dem finnischen Dolmetscher nach Lappland telefonieren und schlussendlich dieses seltene Öl, das aus der Rinde einer gewissen Sumpfbirke gewonnen wurde, vom Polarkreis einfliegen lassen. Immerhin war der Übersetzer einigermaßen der deutschen Sprache mächtig, dafür roch er die ganze Zeit nach Aquavit. Schnitt sagte nichts dazu, er hatte schon gehört, dass der Finne an sich ohne dieses Zeug nicht richtig arbeiten konnte. Dafür konnte der Dolmetscher einigermaßen verständlich übersetzen. Eine Fähigkeit, die der russische Translator hier nur eingeschränkt vorweisen konnte. Als Schnitt sah, dass die beiden Russen zielgenau auf ihn zutrotteten, rollten sich ihm bereits wieder die Fußnägel auf. Verzweifelt hechtete sein Blick kreuz und quer durch das Gelände, aber sein geliebter Architekt war, wie nicht anders zu erwarten, nirgendwo zu sehen. Bei ihm angekommen kauderwelschte Dimitri Aserbajew irgendetwas vor sich hin, von dem Schnitt zuerst wieder kein Wort verstand. Eigentlich sollte es Deutsch sein, was der Übersetzer absonderte, aber es hörte sich mehr nach einer wüsten Kreuzung aus allen möglichen russischen Dialekten plus eine Prise englisches Deutsch an. Das einzige Wort, was er definitiv aus diesem Kisuaheliverschnitt herausfiltern konnte, war das Wort Wodka. Als er es daraufhin vorsichtig wiederholte, begann der russische Baustellenkapo heftig und begeistert mit dem Kopf zu nicken. Alles klar, dachte sich Schnitt resigniert. Die Finnen konnten nicht ohne Aquavit arbeiten und die Russen nicht ohne ihren Wodka. Vielleicht sollten sie einfach in der Mitte der Landschaft hier noch eine internationale Alkoholsauna erfinden, dachte er sich zynisch, während er den sehr zufrieden wirkenden Russen hinterher blickte.

„Ja, aber baust du ned grad die riesen Saunalandschaft unden in Staffelstaa? Des is doch bestimmt dodal komblizierd, da muss mer doch aufbassen, dass nix bassiert bei dem ganzen ausländischen Gsox, was auf so aaner Baustelln rumstolberd, oder ned? Und dann hab ich g'hört, dass da sogar Russen auf dera Baustelln rumrenna. Des is doch bestimmt a noch g'fährlich, nacherd dun die die Baustelln a noch annekdiern?“ Jetzt musste Herbert Möller aber doch lachen, und er klopfte seinem alten Freund und Schulkameraden Herrmann Schleicher beruhigend auf den Rücken.

„Mensch, Herrmann, du kommst auf Ideen! Nein, die haben alle einen Vorarbeiter und einen Übersetzer, die arbeiten völlig autonom. Und sollte doch mal die eine oder andere Schwierigkeit entstehen, dann regelt das mein alter Kumpel Hans Josef Schnitt, den wirft so schnell nichts aus der Bahn. Ich habe mein Geld schon verdient, und zwar hiermit“, lächelnd tippte sich Herbert Möller mit ausgestrecktem Zeigefinger an den Kopf. „Und wenn sich doch irgendeiner mal beschweren sollte, dann werfen wir alle zusammen einen fröhlichen Blick ins Kleingedruckte, dann werden die aber schauen, die von der Obermain Therme. Nein, Herrmann, ich kann dir nur sagen, Augen auf bei der Berufswahl“, meinte er lachend und klopfte seinem Freund ein weiteres Mal auf den Rücken.

Im ersten Moment war Clemens Prüdiger völlig perplex über den Umstand, Derartiges auf seiner Wärmeplatte vorzufinden, dann siegte aber die Vernunft und der Umstand, ja heute auch noch Geld verdienen zu müssen. Zwar warnten ihn alle Sinne und ein gewisser, undefinierter Instinkt, aber wenn jemand so mit den Nerven runter war wie er, wenn Gefühle und Emotionen so fundamental in Auflösung begriffen waren, dann achtete man nicht auf Feinheiten der inneren Sensorik. In solchen Lebenslagen wollte man nur das Negative in seinem Leben aus der Welt schaffen, und zwar „as soon as possible". Da hatte man auch keinen Sinn für langatmige Überlegungen, wer, wann und wo, wer auch immer irgendwelche Fleischteile aus welchen Gründen auch immer auf seine Wärmeplatte gelegt hatte. Also los, zurück mit dieser Rehkeule in den Kühlraum, bevor sie noch Schaden nahm. Beherzt griff er zu, es musste weitergehen an diesem Tag, in diesem Leben – und zwar positiv.

Die Phase des ungestörten Innehaltens währte für Hans Josef Schnitt aber nur wenige Sekunden, denn aus halb neun Uhr sah er den japanischen Übersetzer auf sich zukommen, allerdings alleine, ohne sonstige

Begleitung. Das kam bei den Japanern durchaus öfter vor. Die waren einfach anders strukturiert. Aber es würde Schnitt nicht wundern, wenn Ito Fujimoto nicht ein ähnliches Anliegen wie seine Kollegen haben würde. Wahrscheinlich Reisschnaps oder etwas Ähnliches.
„Hallo, Herr Snitt, ich grüße sie“, begann der japanische Übersetzer ohne Umschweife das Gespräch und verneigte sich erst einmal artig mit gefalteten Händen, wie es dem japanischen Höflichkeitsritual entsprach. So etwas gefiel Hans Josef Schnitt spontan, der Japaner an sich war eben höflich, zuvorkommend und zuverlässig, auch wenn Fujimoto es auch nach einem ganzen Monat immer noch nicht geschafft hatte, Schnitts Namen richtig auszusprechen. Aber das war ein weit geringeres Übel als eine alkoholabhängige Russenbaustelle. Endlich einmal ein Erfolgserlebnis an diesem Dienstagvormittag!
„Hallo, Herr Fujimoto, was kann ich für Sie tun?“, grüßte Hans Josef Schnitt zurück und verneigte sich ebenfalls lächelnd.
„Darf ich Ihnen und Ihren Kollegen vielleicht etwas anbieten? Ein Bier vielleicht, oder ein anderes alkoholisches Getränk?“, ließ Schnitt seinen Versuchsballon steigen. Aber der kleine Japaner schüttelte nur stumm

den Kopf, dann antwortete er gewohnt freundlich in gut verständlichem Deutsch.
„Nein, Herr Snitt, vielen Dank. Keinen Alkohol vor dem Flug“. Hans Josef Schnitt brauchte ein paar Sekunden, um zu bemerken, dass diese Auskunft womöglich sehr weitreichende Konsequenzen haben konnte.
„Flug? Wieso Flug? Was für ein Flug, Herr Fujimoto, ich verstehe nicht ganz?“, meinte er verunsichert und ließ gleich einmal die ganze japanische Höflichkeitsfloskelei beiseite. Und Ito Fujimoto klärte ihn auch sofort auf:
„Herr Snitt, der Onkel, die Vater von Hirohito Matshushita, Arbeiter wichtiger, ist haben junger Tochter, die haben Feiertag. Wir erhalten Nachricht gestern Abend von Tochter, wollen sehen Familie. So, wir alle fliegen von die Baustelle hier nach Okinawa zu Befeierung heute in die zwei Stund. So ich nicht trinken Alkohol bevor die Flug.“ Hans Josef Schnitt konnte es nicht fassen. Der ganze japanische Bautrupp wollte wegen eines japanischen Feiertages heute noch nach Japan zurückfliegen? Das konnte doch wohl nicht wahr sein, waren die noch ganz dicht? Die Baustelle war sowieso schon weit hinter dem Zeitplan.
„Was zum Teufel ist das denn für ein Feiertag und wann

kommen Sie dann zurück um Gottes Willen?", stieß er hilflos hervor, während ihm die Augen aus den Höhlen quollen. Ito Fujimoto blieb ruhig aber konsequent, während er ihm antwortete.

„Kodomo no hi, Tag von die Kind. Großes Feiertag in Nippon. Hirohito Matshushita machen fertig die Sachen in Familie in Okinawa, so wir kommen zurück in die Woche vier von jetzt. Dann alles gut, dann bald wir machen fertig", meinte der Übersetzer höflich und lächelte den Geschäftsführer der Therme breit an. Die Adrenalinmoleküle in Schnitts Körper beließen es nicht mehr bei dem Stelldichein, sondern begannen umgehend damit, eine dringende Generalversammlung einzuberufen. Was sollte er denn jetzt unternehmen, verdammt. Er konnte die Japaner doch nicht einfach so davonfliegen lassen. Aber er hatte keine Ahnung vom deutschen Arbeitsrecht und vom japanischen schon gar nicht. Vielleicht ließ sich die ganze Angelegenheit ja auch durch ein paar extra Liter Alkohol beheben. Allerdings machte das Gesicht des Übersetzers da vor ihm einen sehr endgültigen Eindruck.

Der Thermenleiter drehte sich spontan um, ergriff mit einer panischen Handbewegung sein Handy und trommelte die Telefonnummer seines Architekten in die

Tastatur seines Telefons. Möller war jetzt der Einzige der hier das Schlimmste verhindern konnte. Wozu gab es denn Bauaufträge, Honorare und sonstige Vereinbarungen, verdammt noch mal?! Möller musste einfach da sein! Aber so lange er auch wartete und lauschte, es ging keiner am anderen Ende der Leitung ran. Bekanntermaßen hatte Architekt Herbert Möller auch keine Mailbox eingerichtet, auf der man dringende Nachrichten hinterlassen konnte. Verflucht! Dann musste er das jetzt selber in die Hand nehmen und mit diesen Japanern Tacheles reden. Er musste jetzt unbedingt retten, was noch zu retten war, auch wenn er keine Ahnung hatte, wie er das bewerkstelligen sollte.

Irgendetwas war durch die Tür gekommen und arbeitete sich unbeholfen und lautstark in ihre Richtung vor. Vielleicht war es ein Mann, vielleicht eine Frau? Allerdings war sie sich nicht ganz sicher, und ihr immer noch vom Alkohol umnebelter Geist fing langsam an, Purzelbäume zu schlagen. Vielleicht war das gar kein Mensch, sondern ein Tier. Der Gräfin wurde nun doch langsam etwas ungemütlich. Vielleicht wurden in dieses Experiment hier ja auch irgendwelche Weidetiere einbezogen? Immerhin war sie ja hier in Franken, und die Menschen hier waren zu allerlei Absonderlichkeiten fähig, wie sie schon leidvoll feststellen musste. In Bad Staffelstein trank man Bier in solchen Mengen, die anderswo auf der Welt zu sofortigem Ableben geführt hätten und ganz in der Nähe, über den Bergen, in Coburg, aßen sie Bratwürste von einer Größe, mit denen man mühelos mit einem einzigen Exemplar eine Großfamilie in der Uckermark satt bringen konnte. Denen traute sie alles zu, sogar landwirtschaftliche Nutztiere hier im Dampfbad. Und das, was da auf sie zukam, hörte sich ganz nach so einem Vieh an, das normalerweise irgendwo hier im Ort in einem Stall wohnte. Panisch tasteten ihre Finger die nähere Umgebung nach einer Waffe ab, mit der sie sich das Untier vom Hals halten konnte. Dann hatte sie etwas gefunden. Eine Fleischgabel. Und zwar exakt eine solche, mit der man die Temperatur eines Brateninneren messen konnte. Es war eine von der Sorte mit den ganz langen Spitzen. Damit konnte man auch einen brunftigen Eber vertreiben. Entschlossen drückte sie sich die Gabel mit den zwei langen Spießen an den schweißnassen Körper und horchte nach vorn in den Nebel.

Er gab es auf mit dem Handy, drehte sich, um mit dem japanischen Übersetzer Tacheles zu reden, aber der war verschwunden. Hatte seine Botschaft hier bei Schnitt abgeliefert und war dann abgedampft. Dafür blickte er zu seiner größten Verblüffung jemandem direkt ins missmutige Gesicht, mit dem er jetzt am allerwenigsten gerechnet hatte, geschweige denn, dass er ihn gerade gebrauchen konnte: Ortspfarrer Gerhard Eisenring stand in strenger, schwarzer Kleidung vor ihm und belegte ihn mit noch weit strengerem Blick.
„Herr Schnitt, ich muss unbedingt mit Ihnen reden", begann er die für Schnitt unerquickliche Unterhaltung, die für den Thermenleiter nun aber auch wirklich zur Unzeit kam. Schnitt schloss für einen kurzen Moment die Augen. Dann, als er sie nach wenigen Sekunden wieder öffnete, war der Ortspfarrer aber immer noch da. Es war kein böser Traum. Der Blick des ganz in Schwarz gekleideten Ortsgeistlichen war sogar noch eine Nuance strenger geworden. Dann begann der Pfarrer mit bedeutungsschwangerer Stimme zu reden.
„Herr Schnitt, so geht das nicht. Ich habe jetzt zwei Nächte darüber geschlafen, habe mir alles noch einmal gründlich überlegt, aber die Einweihung einer Örtlichkeit, egal zu welchem Zweck sie irgendwann gebaut

worden sein mag, bedarf aus christlicher, vor allem aber aus katholisch-liturgischer Sicht einer ordentlichen, würdevollen Zeremonie. Ich weiß, Herr Schnitt, Sie sind ein eher pragmatisch ausgerichteter Mensch mit wenig Sinn für würdevolle Feierlichkeiten und Abläufe. Aber Sie haben mich gebeten, dieses Warmwassersprudelbecken in aller Form zu segnen, also sehe ich mich auch in der Pflicht, diese Aufgabe in der mir eigenen Gründlichkeit zu vollziehen. Das heißt, ich dringe darauf, die feierliche Sprudelbeckensegnung mit Weihwasser, Ministranten und würdevollem Kerzenlicht vollziehen zu dürfen. Das ist schließlich auch Ihrer Christenpflicht geschuldet und gehört zur Grundausstattung fränkischen Brauchtums. Schließlich sind wir alle Katholiken hier, und ich appelliere nochmals an Ihre christliche Erziehung. Anderenfalls werde ich mich bei künftigen Bitten an die Pfarrei St. Kolonat, irgendwelche Segnungen betreffend, leider genötigt sehen, ablehnend zu reagieren, wenn Sie verstehen, was ich meine." Triumphierend, mit trotzig erhobenem Kinn, stand Pfarrer Eisenring vor ihm und harrte mit verschränkten Armen der Antwort des mit Sicherheit nun schwer geknickten Thermenleiters. Der hatte sehr wohl verstanden. Allerdings bemerkte Pfarrer Eisenring nicht die etwas angespannte Gemütsverfassung Schnitts und dessen absolut unbefriedigende Lebenslage. Der Geschäftsführer war während der ganzen Ansprache sehr ruhig geblieben, auch wenn es ihm beileibe schwer gefallen war. Dazu war er aber auch nur imstande gewesen, weil er sich Eisenring als großen, schwarzen Vogel mit verkümmerten Flügeln vorgestellt hatte, der vor ihm auf und ab hüpfte. Das hatte kurzfristig geholfen, ansonsten hätte die Generalversammlung der Adrenaline in seinem Körper zum Generalstreik aufgerufen. Aber der nervliche Eimer war voll. Schnitt konnte niemanden mehr gebrauchen, der sinnlos Wasser in dieses sensible Gefäß schüttete. Also verkürzte er die Distanz zwischen ihnen beiden durch einen großen Schritt auf null Zentimeter, dann drückte er seine Stirn dem einen Kopf kleineren und geschätzte 100 Kilogramm leichteren Ortspfarrer auf seine. Seine Worte waren leise, eindringlich, eindeutig und im Tonfall unmissverständlich.

„Jetzt hör mal zu, du Pinguin: Ich habe gerade überhaupt keine Lust, mir deine segensreichen Problemchen anzuhören, verstanden? Der Außenbereich ist eingeweiht, da braucht unser Whirlpool nicht noch einmal extra Weihwasser. Und nur, damit das klar ist, Eisenring...", mit diesen Worten presste er seine schweißnassen Zornesfalten noch fester auf des Priesters Stirn.

„Dann pfeif' ich eben auf den kirchlichen Beistand und unsere Badegäste müssen dann halt ohne Schutzengel durch das Kneippbad latschen. Auf jeden Fall will ich ab sofort nichts mehr zu Warmwassersprudelbecken, Zeremonien oder Ministrantenkerzen hören, kapiert!" Seine Augen funkelten, die Fäuste waren geballt und seine Stimme war angriffslustig. Quälend lange Sekunden standen sie sich so gegenüber, dann drehte sich der geistliche Vorstand der Pfarrei St. Kolonat in Bad Staffelstein brüsk um und verschwand mit langen, eiligen Schritten aus dem Blickfeld Hans Josef Schnitts. Misstrauisch blickte ihm der hinterher, besonders überzeugt schien Eisenring nicht gewesen zu sein. Aber das war Schnitt gerade ziemlich egal. Hauptsache, diese penetrante Problemquelle machte sich vom Acker und hörte auf, an seinen Nerven zu sägen. Erleichtert richtete er sich auf und atmete erst einmal ganz tief durch. Er musste jetzt erst einmal seine Hormone zurückpfeifen und die Sachlage ordnen. Dann kamen ihm wieder die abtrünnigen Japaner in den Sinn und sein Verstand versuchte, aus dem Stand wieder in den Problemlösungsmodus zu schalten, als ihm jemand von hinten auf die Schulter tippte.

Das Tier war schon ganz nahe, sie konnte die Nähe der Kuh, oder war es vielleicht ein Schwein(?), förmlich spüren. Dann berührte etwas ihren rechten nackten Oberschenkel. Sie konnte es nicht erkennen, denn sie war erstens total erschrocken und zweitens - was es auch gewesen war, es war auch gleich wieder weg. Vielleicht war es die Zunge des Monsters, vielleicht aber auch etwas viel Schrecklicheres. Sie war nackt, sie war allein, aber sie war nicht hilflos. Entschlossen hob sie die große Fleischgabel in die Höhe. Sie würde der Kuh, dem Schwein oder was da an ihr herumtatschte diese Gabel in die Weichteile oder sonst wohin rammen. Gräfin Ursula von Zicklitz war wild entschlossen, ganz sicher nicht mehr ihre Unschuld, aber auf jeden Fall ihre körperliche Unversehrtheit zu verteidigen.

Herbert Möller, der Architekt, endlich, schoss es Schnitt durch den Kopf. Hocherfreut und mit einem Gefühl der grenzenlosen Erleichterung drehte er sich behände um die eigene Achse. Endlich würde er diese zermürbende Bauaufsicht an den Architekten abgeben können, der wirklich etwas davon verstand und noch dazu ja auch dafür vorgesehen war. Endlich würde er ...

„Ni hao", tönte es von dem braungebrannten, hageren Übersetzer, neben dem vier chinesische Arbeiter standen und mit verzweifeltem Gesichtsausdruck versuchten, eine riesenhafte, goldfarbene Statue nicht in den Dreck der Baustelle fallen zu lassen. Hans Josef Schnitt stand da wie erstarrt. Außenstehende hätten wahrscheinlich nicht auf Anhieb entscheiden können, wer hier der geeignetere Buddha ist. Nur, dass sich die größere, menschliche der beiden Buddhastatuen plötzlich zu bewegen begann und mit bleichem Gesichtsausdruck versuchte, sich zu artikulieren.

„Hang Seng, was gibt's denn um Gottes willen?" In der Stimme Schnitts war ein deutliches Flehen zu hören, das der chinesische Übersetzer des Bautrupps, der die tibetische Gebetssauna errichten sollte, aber geflissentlich überhörte. Stattdessen trug er sehr engagiert das Problem der Buddhaschlepper vor. „Entsuldigung, Herr, Arbeiter sagen Buddha zu groß für Tür. Haben versucht zu tragen in die Haus, aber Tür nicht breit genug, weng eng, verstehen?" Im ersten Moment zuckte Hans Josef Schnitt zusammen. Weng eng? War das jetzt

Fränkisch oder Chinesisch? Egal. Offensichtlich hatten diese tibetanischen Vollpfosten vergessen, den Buddha in der Sauna zu platzieren, bevor sie die Türen und das Dach eingebaut hatten. Herzlichen Glückwunsch! Der Buddha war fast komplett aus massivem Messing, außen vergoldet, und er wog über 300 Kilo. Schnitt war völlig unerklärlich, wie so mickrige Chinesen den Buddha mit über einer Vierteltonne Gewicht überhaupt bis hierher schleppen konnten. Verzweifelt schaute er sich um, aber kein Herbert Möller weit und breit. Er hatte es sich eigentlich nicht vorstellen können, aber erneut meldeten sich, ganz leise, ganz weit hinten in seinem Kopf, aber dennoch wieder diese Mordgedanken. Auflodernde Lustgefühle, die untrennbar mit dem plötzlichen Ableben seines Architekten verbunden waren. Aber so schnell sie gekommen waren, so schnell waren sie auch wieder verschwunden. Zuerst musste er diese unfähigen Buddha-Schlepper hier loswerden.

„Und, was wollt ihr jetzt von mir?", fragte er kurz und knapp. Dabei verengten sich seine Augen zu schmalen Schlitzen, was den chinesischen Übersetzer aber in keinster Weise tangierte.

„Arbeiter sagen müssen machen Loch in die Dach, dann müssen stellen Kran für den Heben von Buddha durch die Loch. Dann können machen so." Schnitt hatte es satt, er war es leid. Von ihm aus, dann sollten sie es halt so machen. Es war ihm auch scheißegal, was dieser Kran kosten sollte, Hauptsache, die Knechte würden einfach weiterarbeiten und ihn in Ruhe lassen.

„Ist gut, ist gut, ist genehmigt. Kran, Loch, von mir aus. Einfach weitermachen und tschüss", stieß er absolut genervt hervor in der Erwartung, dass der ganze Trupp sich nun schleichen würde und er endlich seiner angestammten Arbeit in der Therme nachgehen konnte. Aber die drei drehten sich nach kurzer Diskussion um und schauten ihn erwartungsvoll an. Schnitt schaute ratlos zurück, bis Herr Hang Seng, der Übersetzer, sich ein Herz fasste.

„Herr, haben schon gemacht Loch in die Dach, die Kran bauen gerade an die Haus." Schnitt musste einen Moment innehalten und grinsen. Diese Typen waren ja fast gut, ganz ohne ihn oder Architekt. Sollte der Tag doch noch im positiven Bereich enden? Aber die Ernüchterung folgte auf den Fuß.

„Herr, aber die Likör von der Litschi sein leer. Das Arbeiter fragen, ob können haben noch Likör von der Litschi, sonst nicht können heben die Buddha nach die Loch". Hans Josef Schnitt zählte ganz langsam bis

drei. Er stieß noch mühsam beherrscht hervor:
„Geht mir aus den Augen, lasst mich in Frieden, am besten ihr geht für heute nach Hause und besauft euch mit eurem Drecks-Likör. Aber wehe einer von euch läuft mir heute noch einmal über den Weg verstanden!“ Dann drehte er sich einfach um und ging schnurstracks davon. Er brauchte jetzt unbedingt etwas zu trinken. Ein Bier, einen Wein, einen Schnaps, vielleicht sogar einen Litschilikör, irgendwas, sonst würde er diesen Tag heute nicht überleben. Sollten die doch mit ihrem Kran, ihrem Buddha und ihrem Loch im Dach machen, was sie wollten, er brauchte jetzt erst einmal einen alkoholischen Seelenstreichler. Und was zu essen wäre auch nicht schlecht, es war schon eine Weile her, seit sein Magen mit Lebensmitteln in Berührung gekommen war.
Die tibetischen Arbeiter wussten erst einmal nicht, was sie von der ganzen Sache jetzt halten sollten und beratschlagten kurz mit ihrem Übersetzer. Sie kamen darin überein, den Buddha erst einmal wieder zurück zur Gebetssauna mit Loch im Dach zu schleppen und den Buddha dort an den Kran zu hängen. Anschließend würden sie das großzügige Angebot Schnitts sehr gerne annehmen und sich bis zum morgigen Tag

in ihren Wohncontainer am Rande der Baustelle zurückziehen. Sie wuchteten den Buddha wieder in die Höhe und machten sich mit kleinen, kurzen Tippelschritten auf den Weg.

„Also, ich mach mich jetzt widder haam, Herbert, ich muss noch nei mein Gadden. Ich hab leider kaa so entspanndes Leben wie du, Herbert, ich hab a Fraa", meinte Herrmann Schleicher etwas zerknirscht und erhob sich von der Bank. Er nahm seinen Terrier an die Leine, winkte seinem Kumpel noch einmal zu und machte sich auf den Weg hinunter nach Romansthal, wo er auf dem Touristenparkplatz sein Auto geparkt hatte.
Herbert Möller war noch sehr unentschlossen, ob er es Herrmann Schleicher gleich tun sollte. Eigentlich wollte er hier niemals mehr weg. Wenn's nach ihm ginge, könnte man ihn hier eingraben, und er würde für den Rest seines Lebens in die unendlichen Weiten des Maintales schauen. Versonnen ließ er seinen Blick schweifen, bis er von oben auf die Baustelle der Obermain Therme in Bad Staffelstein fiel. Sofort verdüsterte sich sein Blick und ein gewisser Missmut streifte durch sein entspanntes Gemüt. Er hatte ein wirklich schönes Leben, wenn nur diese lästige Baustelle nicht wäre.

Die Luftnummer

Gerhard Eisenring war katholischer Ortspfarrer der Pfarrei St. Kolonat in Bad Staffelstein, und dies bereits seit sehr vielen Jahren. Eine der herausragenden Merkmale des Priesteramtes ist ohne Zweifel der Zölibat, das Gelöbnis der Ehelosigkeit, das jeder katholische Priester ablegt, um in trauter Zweisamkeit mit seinem Herrgott zusammenzuleben. Diese männliche Wohngemeinschaft ist bekanntermaßen eher virtueller Natur, da der wiederauferstandene Part der WG leider noch nicht in irgendeinem fränkischen Pfarrhaus gesichtet wurde, auch nicht in dem in St. Kolonat. Dies hatte für den jahrelang engagierten Ortspfarrer mehrerlei Konsequenzen. Zum einen blieb ihm ein WG-Genosse erspart, der permanent die Regeln einer gut funktionierenden Wohngemeinschaft ignoriert und beispielsweise seine Restmüllbestände im gemeinschaftlichen Pfarrhaus in Gaußscher Normalverteilung verstreut, anstatt sie, wie ausgemacht, sorgfältig getrennt im entsprechenden Müllbehälter zu sammeln. Diesem langhaarigen Bartträger, der seinerzeit lazarusartig zu seinem Papa entstiegen war, wäre also rein vom Äußeren her ein solch hippiemäßiges Verhalten durchaus zuzutrauen. Zum anderen gab es für einen Zölibatären auch nicht die Einschränkung eines gegengeschlechtlichen Korrektivs, mochte es nun angebracht oder einfach nur nervig sein. Mangels diesbezüglicher Erfahrungen hätte Gerhard Eisenring das Eine vom Anderen sowieso nicht unterscheiden können. Allerdings machte solch ein Leben der permanenten, einsamen Entscheidungsfindungen irgendwann uneinsichtig und stur. Wenn man dauernd aus dem Haus gehen kann, ohne dass die Ehegattin noch einmal hinterfragt, ob das Vorhaben gerade wirklich so gut ist und vielleicht noch einen letzten Blick auf sein Priesterchen wirft, bevor es die Pforte des Pfarrhauses schließt, ja dann kann es schon mal passieren, dass das einsame katholische Herz in seinem Wirkungswahn den entscheidenden Schritt zu weit geht. So geschehen im Falle Gerhard Eisenrings. Er schaute noch einmal verstohlen über seine Schulter zurück, aber Hans Josef Schnitt war gegangen. Wohin, war nicht auszumachen, aber das war dem Geistlichen auch egal. Hauptsache, dieser Ignorant konnte ihn nicht an seinem Werk hindern. Er würde diese Sache nun ordnungsgemäß und in aller Form zu Ende bringen, ob Schnitt das nun wollte oder nicht. Zwar ohne einen Ministranten, das wäre ihm schon lieber gewesen, aber diese Sprudelbeckensegnung kriegte er zur Not auch ohne Beistand eines Messdieners über die Bühne. Er warf noch einen Blick in die alte, abgenutzte, lederne Tasche, die er vorsorglich mitgebracht hatte. Es war alles vorhanden, was er brauchte. Kerzen, Weihwasser, Gebetbuch, ein kleiner, tragbarer Weihrauchkessel mit Kohlestück und ein Sturmfeuerzeug. Nichts und niemand auf dieser Welt würde ihn nun davon abhalten können, das zu tun, was getan werden musste. Er nahm die alte Tasche, die in einem speckigen Dunkelbraun glänzte an sich, sah sich noch einmal verstohlen um, dann machte er sich auf den Weg in Richtung Warmwassersprudelbecken.

Irgendetwas Fleischiges patschte mit aller Macht und geräuschvoll auf den nackten Oberschenkel der Gräfin. Sie war sowohl optisch, vor allem aber nervlich nicht in der Lage zu erkennen, ob das jetzt ein Rüssel, ein Greifarm, ein ganzes exotisches Tier oder nur eine menschliche Hand war. Sie diagnostizierte nur, dass sich da etwas ohne vorherige Absprache und Einverständniserklärung über sie hermachte. Gräfin Ursula von Zicklitz taxierte kurz die Entfernung, holte tief Luft, dann stach sie zu.

Clemens Prüdiger war gedanklich bereits im Kühlraum, als er bemerkte, dass die Rehkeule, die seine Hand gerade eben umfasst hatte, zusammengezuckt war. Für ein Stück totes Rehwild ein bemerkenswerter Vorgang. Seine Synapsen waren im Moment nicht mit überbordender Geschwindigkeit gesegnet, so dass er fatalerweise eins und eins nicht zusammenzählen konnte, zumindest nicht in einer der Situation angemessenen Geschwindigkeit. Verblüfft betrachtete er seine Hand, die auf dem zum Leben erwachten Wildbret ruhte, als ein plötzlicher und unerwarteter Schmerz durch seinen Unterarm fuhr. Erschrocken riss er den Arm in die Höhe und sah, dass eine Fleischgabel aus seinem Küchensortiment darin steckte. Direkt neben Elle und Speiche hatten sich die langen Spitzen durch den Muskel gebohrt. Noch einmal betrachtete er ungläubig das unwirkliche Stillleben an seinem Arm, dann öffnete sich sein Mund zu einem markerschütternden Schrei.

Hans Josef Schnitt hatte das „Prüdigers" durch den Eingang des Außenbereichs erreicht. Er hatte die Nase voll, er hatte Stress und er hatte Unterzucker. Er brauchte jetzt unbedingt erst einmal etwas zu essen und seine Ruhe. Danach würde er sich irgendetwas einfallen lassen, um dieses Stararchitekten habhaft zu werden, und zwar umgehend. So konnte es auf dieser Baustelle nicht weitergehen, sonst würde er für nichts mehr garantieren können. Er sah den kleinen Gastraum bereits vor sich, und seine Augen scannten das Lokal schon nach einem Platz, der ihm die wohlverdiente Ruhe und Abgeschiedenheit vermitteln konnte, als er bemerkte, dass unter der Tür zum Küchenbereich ein leichter Nebel herauskam und am Boden entlangkroch. An der Bodenkante der Tür war bereits eine kleine Pfütze entstanden, die ziemlich aromatisch nach italienischer Gemüsesuppe roch. Etwas verdattert stand Schnitt da und überlegte unschlüssig, ob er sich jetzt auch noch darum kümmern sollte oder besser um seine desaströse Ernährungssituation, als aus der Küche ein lauter, herzergreifender Schrei zu hören war. Es war der heisere Schrei eines verzweifelten Mannes. Es klang nach Todesangst, Panik - und vor allem nach Clemens Prüdiger.

Sekundenbruchteile später erklang nicht minder verzweifelt das Schreien einer Frau, die offensichtlich in nicht geringerer Not steckte als der Mann. Dann hörte man ein Rumpeln, Scheppern, Klatschen, Poltern, das immer wieder von den schmerzerfüllten Schreien eines Mannes und dem heiseren Kreischen einer Frau durchmischt wurden. Schnitt war unfähig, sich zu rühren, bis auf einmal die Küchentür aufgestoßen wurde und die ihm wohlbekannte Gräfin von Zicklitz kreischend und mit hochrotem Kopf aus der Küche gekrochen kam. Sofort bekam auch der Thermenleiter ein eingefärbtes Gesicht. Allerdings weniger aufgrund des aus der Küche schwallartig austretenden Suppendampfes, als vielmehr durch den Anblick der spärlichst bekleideten Gräfin bedingt, die nahezu im Adamskostüm kreischend auf ihn zugekrochen kam.

Ortspfarrer Eisenring hatte sich noch einmal vorsichtig umgeschaut, ob ihn auch wirklich niemand beobachtete, dann betrat er das Zelt, das Schnitt über dem Warmwassersprudelbecken hatte aufstellen lassen. Das Schild „Betreten verboten“ hatte Eisenring dezent angehoben und war darunter hindurchgeschlüpft. Das erste, was ihm unangenehm auffiel, war dieser penetrante, unangenehme Modergeruch. Hier gammelte etwas in aller Fröhlichkeit vor sich hin, dachte er indigniert. Vielleicht die sterblichen Überreste einer Maus, einer Katze – was auch immer.

Sogleich beschloss er, seine heilige Handlung hier so flott es nur ging abzuschließen.

Faulgas ist ein Gemisch von zumeist brennbaren Gasen, das bei der anaeroben Gärung, u.a. auch bei der Leichenverwesung entsteht. Dabei werden kohlenwasserstoffreiche biotische Stoffe unter Abwesenheit von Sauerstoff von Bakterien und Archaeen zersetzt. Methan mit der Summenformel CH_4 bildet den größten Anteil an den brennbaren Bestandteilen des Gasgemischs. Für den unangenehmen Geruch des Faulgases sorgt neben anderen Gasen hauptsächlich Schwefelwasserstoff (Summenformel: H_2S), der nach faulen Eiern riecht und bei der Gärung frei wird. Ausschlaggebend dafür ist die Schwefelkonzentration des Ausgangsmaterials, die sich aus dem Anteil an vorhandenen Eiweißen ergibt.
In der Natur entsteht Faulgas vor allem in Sümpfen und anderen stehenden Gewässern unter Sauerstoffabschluss, da für die anaeroben Methanbildner (Archaeen) Sauerstoff ein tödliches Gift ist. Aufgrund dieser Entstehung wird es auch Sumpfgas genannt. Faulgase sind möglicherweise eine der Ursachen von Irrlichtern.

Faulgas wird jedoch nicht nur in Gewässern, sondern auch im Darm von Menschen und Tieren und im Pansen von Wiederkäuern (prominentes Beispiel sind Rinder) von Archaeen erzeugt, wo sie bei der Verdauung der Nahrung eine wichtige Rolle spielen. Da der Hauptbestandteil von Faulgas das für den Treibhauseffekt mitverantwortliche Gas Methan ist, wurden umfangreiche Untersuchungen zum Beitrag der Landwirtschaft gemacht. Das Ergebnis war, dass Reisfelder, Rinder und Gülle die Hauptquellen für anthropogenes Methan sind.
In Mülldeponien und in Biogasanlagen entsteht analog ebenfalls Faulgas. Das Vergären biotischer Stoffe in Kläranlagen, Deponien und Biogasanlagen und die anschließende Nutzung des Gases ist ökonomisch und ökologisch interessant: Methan ist auch Hauptbestandteil von Erdgas und ein hochwertiger Brennstoff.
Schwefelwasserstoff mit der chemischen Formel H_2S ist ein farbloses, brennbares und sehr giftiges Gas, das als Abbauprodukt bei Fäulnis- und Stoffwechselvorgängen entsteht. Der typische Geruch von faulen Eiern entsteht durch eben dieses Gas. In höherer Konzentration riecht es süßlich, bei weiterer Konzentrationssteigerung wird es geruchlos. H_2S bewirkt Hornhautreizung, Schädigung der Atemwegsschleimhäute und des Nervensystems. Bei 200 ppm (1 ppm=1 Teil pro Million Teile) treten nach 2-5 Min. brennende Schmerzen auf Schleimhäuten und in den Augen auf. Die besondere Gefährlichkeit von Schwefel-

wasserstoff besteht jedoch darin, dass er in hoher Konzentration (ab 1400 ppm) bereits nach 1-2 Atemzügen zu schlagartiger Bewusstlosigkeit und zum Tod durch Atemlähmung und Kreislaufversagen führt und noch dazu hochentzündlich ist.

(Quelle Wikipedia)

Der Pfarrer leuchtete mit einer kleinen Taschenlampe auf den Boden und baute dort seine Utensilien auf. Weihwasser, Kerzen und das Behältnis für den Weihrauch. Und genau mit dem Weihrauch würde er jetzt auch beginnen. Bekanntermaßen war Weihrauch nicht nur ein unverzichtbarer Bestandteil einer Segnungszeremonie, das verrauchende Baumharz war auch ein sehr effizienter Geruchskiller. Eine Fähigkeit, die das Innere dieses Zeltes wahrlich gebrauchen konnte. Es stank hier ganz gewaltig nach verfaulten Eiern oder etwas noch viel Schlimmerem. Gerhard Eisenring legte die runde Kohle mit der Vertiefung in der Mitte in die vorgesehene Aussparung des Kessels und holte das Feuerzeug hervor. In die glühende Kohlevertiefung würde er später die Weihrauchteilchen legen. Der Weihrauch würde diesem Gestank hier schon Herr werden, der hatte schon ganz andere Gottesdienste gesäubert. Mit

einem Lächeln im Gesicht, den heimlichen, katholischen Triumph direkt vor Augen, drückte er die Taste des Sturmfeuerzeuges nach unten. Endlich würde er diese Therme von den schädlichen Einflüssen dieses verschollenen Wüstenprinzen befreien können. Er hatte nichts gegen fremde Religionen, aber die des Prinzen war nicht von hier. Die Finger entsprachen seinem Befehl und helle Funken entsprangen dem Feuerstein des Zündrädchens.
Im gleichen Moment traf den Geistlichen mit Sendungsbewusstsein der Blitz der Erkenntnis. Das unerklärliche Verschwinden des Prinzen von Katarrh, das merkwürdige Verhalten Schnitts, der modrige Geruch in diesem Zelt, all das fügte sich im Bruchteil einer Sekunde zu einem Bild der Wahrheit. Pfarrer Gerhard Eisenring hatte eine göttliche Eingebung, die Wahrheit lag nun wie ein farbenprächtiger Bildband vor seinem inneren Auge, der verblichene Prinz direkt unter ihm. Und natürlich bemächtigte sich seiner die unglaubliche Erkenntnis, dass der Leiter der Obermain Therme in Bad Staffelstein den abgelebten Wüstensohn im Fundament des Warmwassersprudelbeckens entsorgt hatte. Das aber hielt wohl dem „Druck“ des Prinzen nicht stand, so dass Schnitt die austretenden Gase

durch dieses Zelt kaschieren wollte. Einfach unglaublich! Aber Moment mal, Faulgase, Methan, entzündlich, Feuerzeug – war da nicht was? Panisch, reflexartig öffneten sich die Finger Eisenrings, um die Katastrophe zu verhindern, indes zu spät. Was dann geschah, konnte man durchaus als gerechten Ausgleich unter den Weltreligionen begreifen. Der inzwischen gasförmig auferstandene Abdullah Machmadinedschad vollbrachte quasi als letzten Akt in seinem irdischen Dasein einen feurigen Vergeltungsanschlag im Dienste der heiligen Sache. Als Selbstmordattentat konnte man seine spontane Verpuffung zwar nicht bezeichnen, er war ja schon tot, trotzdem schaffte er es mit seinen letzten Molekülen, einem der verhassten christlichen Kreuzritter noch ordentlich eine mitzugeben...

Hans Josef Schnitt erlitt durch den fast nackten, gräflichen Anblick eine Art Spontanlähmung, so dass er sich weder von der Stelle rühren, noch Ursula von Zicklitz irgendwie in die Höhe helfen konnte. So verging ein wertvolles Sekündchen nach dem anderen, bis Ursula die Füße Schnitts erreichte und diese in ihrer Panik mit beiden Händen umfasste. Das war der Moment, der Hans Josef Schnitt wieder ins

Reich der Lebenden holte. Seine Festplatte fuhr wieder hoch und er begriff, dass es wohl besser wäre, sich um diese nackte Thermenbesucherin da unten an seinen Füßen zu kümmern. Aber noch bevor er dazu kam, irgendein Glied zu rühren, wurde die Küchentür erneut aufgestoßen und der ihm wohlbekannte Chef seines Restaurants, Clemens Prüdiger, kam schreiend, mit hocherhobenem Arm aus der Küche gestürmt. Die Augen starr, voller Entsetzen auf die Gabel gerichtet, die da aus seinem Unterarm ragte, übersah er natürlich die gräfliche Kriechende und flog, einen halben Salto schlagend, über die Gräfin, die daraufhin die Knöchel Schnitts schraubstockartig umfasste und noch lauter schrie als zuvor. Auch Clemens Prüdigers Stimmbänder arbeiteten mittlerweile an der Leistungsgrenze, da sich die Fleischgabel durch seine halbelegante Turnübung endgültig bis zum Anschlag durch seinen Unterarm gebohrt hatte. Fassungslos, auf dem Rücken liegend, starrte er auf seinen perforierten Arm.
Hans Josef Schnitts Arbeitsspeicher war nun endgültig voll. Mehr ging nicht mehr. Was zum Teufel hatte er verbrochen, dass ihn das Schicksal hier dauernd vom Pferd schubste? Während er die Szenerie betrachte-

te, kam sein Lieblingsbademeister Peter Zillig um die Ecke gebogen, um zu sehen, wer hier in seiner Therme einen solchen Radau veranstaltete. Erschrocken schlug der erst einmal die Hände vors Gesicht, der Anblick war ja nun wirklich gewöhnungsbedürftig. Zillig, selbst vom Schicksal verfolgt und im Gesicht von einer Toilettenschüssel gezeichnet, schaute hilflos von einem zum anderen, ohne wirklichen Plan, wie jetzt weiter zu verfahren sei. Dann richtete sich sein hilfesuchender Blick auf seinen Chef, sollte der doch lieber ansagen, was hier zu tun wäre. Hans Josef Schnitt war auch inzwischen fast wieder bereit, die Initiative zu ergreifen, um sich die Oberhoheit über diesen Tag zurückzuerobern, als er von draußen ein dumpfes Grollen hörte, das schließlich in einem lauten Knall endete. Der Knall war so laut, dass die Schreie der Gräfin sofort erstarben und der gegabelte Prüdiger erschrocken die Luft anhielt. Auch Zillig zuckte zusammen und hielt sich an Prüdigers Armgabel fest, was dieser in seinem Schockzustand tatsächlich erst einmal nicht bemerkte, sondern verstört in Richtung Außenbereich starrte. Das, was sie da gerade gehört hatten, war nicht etwa ein Gewitter gewesen, sondern klang eindeutig nach einer Explosion.

Eine Explosion hier in der Therme? Die Erkenntnis manifestierte sich erst allmählich in seinem Gehirn, dann aber beschlich Hans Josef Schnitt sofort ein fürchterlicher Verdacht. Wenn es das war, was er dachte, war das eigentlich undenkbar. Wenn aber das Undenkbare jetzt doch geschehen war, dann steckte Hans Josef Schnitt aber so richtig in der Klemme. Wenn alles so war, wie es zu sein schien, dann hatte er am Whirlpool entweder einen Todesfall zu beklagen, oder er steckte in allerhöchster Erklärungsnot, wahrscheinlich aber beides. Ein Name stand groß, schwarz und drohend in seinem Bewusstsein: Eisenring. Einen Moment lang schoss ihm noch der gute Rat seiner Mutter durch den Kopf, doch etwas Gescheites im Leben zu erlernen. Hätte er da mal lieber auf Mama gehört. Der geschäftsführende Leiter der Obermain Therme Bad Staffelstein entwand sich rigoros aus dem Klammergriff Ursulas und begann sofort zu laufen, und zwar so schnell er konnte. Er stürzte zur Tür hinaus und sah als erstes ein zerfleddertes Plastikzelt hoch oben in der Luft, direkt über dem Whirlpool seiner Therme fliegen.

Der Akrobat

Alle Thermenbesucher hatten sich nach dem Riesenknall erst einmal unter irgendwelche Stühle, Liegen oder Ehemänner verkrochen, oder auch einfach nur ihr Badetuch übers Gesicht gelegt. Als dann das Behelfszelt aus 20 Metern Höhe, in die es geschossen worden war, wieder nach unten fiel und neben dem Warmwassersprudelbecken ins Gebüsch klatschte, trat ganz plötzlich eine unnatürliche Ruhe ein. Die Ersten trauten sich erst wieder aus ihren Verstecken, als der Leiter der Therme, Hans Josef Schnitt, schnaufend zum Whirlpool gelaufen kam. Sie sahen, dass er sofort in den Whirlpool hineinstieg, was für den gemeinen Badegast das sofortige Signal war, sich die ganze Begebenheit aus der Nähe ansehen zu dürfen. Jetzt, da Schnitt zugegen war, schien ja nun auch keine Gefahr mehr zu bestehen, im Gegenteil, diese Explosion schien ja durchaus etwas Besonderes zu sein und für ein wenig Abwechslung im täglichen Badeallerlei zu sorgen. Vielleicht war es ja sogar ein speziell geplantes Überraschungsevent, für den die Therme hier ja weithin bekannt geworden war. Also kamen alle unter oder hinter ihren Deckungen hervor und gesellten sich

reihum neugierig um den nigelnagelneuen Whirlpool herum, um zu sehen, was denn hier eigentlich für ein Trara vor sich ging.
Hans Josef Schnitt schaffte es gerade noch rechtzeitig, das emporgeschossene Zelt, fallschirmartig herabfallen und etwas entfernt, zerfleddert auf der Liegewiese landen zu sehen. Was ihn weit mehr beunruhigte war der Umstand, dass der ihm wohlbekannte Ortspfarrer der Pfarrei St. Kolonat, Gerhard Eisenring, auf dem Rücken liegend im neuen Whirlpool kreisförmig umherschwamm. Allerdings schien diese Schwimmbewegung eher den Sprudeldüsen des Beckens geschuldet als bewussten Schwimmbewegungen Eisenrings. Überhaupt machte der Ortspfarrer auf Schnitt einen besorgniserregenden Eindruck. Die schwarze Pfarrershose war sozusagen weggesprengt, die dazugehörige Jacke auch, so dass der Arme praktisch mit geschwärzter Unterhose, geschwärzten Beinen, geschwärzten Armen und zerrissenem Jacket im Pool umhertrieb. Auch sein Antlitz erinnerte verdächtig an den Mohren der Sternsinger, der sich sein Gesicht mit angekokeltem Korken hatte abdunkeln lassen. Nur der weiße Kragen der Pfarrertracht schien die Explosion relativ gut überstanden zu haben, war wohl aus widerstandsfähigem Material ge-

fertigt. Die Augen Eisenrings waren weit geöffnet und beobachteten regungslos den Zug der Wolken über ihm. Sein Kopfhaar war angesengt, und die Haare der Augenbrauen standen gekräuselt in alle Richtungen. Ansonsten schien er physisch soweit intakt. Psychisch allerdings schien Eisenring einen gewaltigen Treffer abbekommen zu haben. Als Schnitt in den Pool gesprungen war und dem Ortspfarrer aufmunternd das Gesicht tätschelte, reagierte dieser erst einmal überhaupt nicht, machte dann ein Bäuerchen vorne und hinten, was im Geblubber des Pools aber überhaupt nicht auffiel. Erst dann bewegten sich die Augen des auf dem Rücken Schwimmenden und schauten Schnitt hilflos an.

„Wer bin ich? Was mache ich hier? Und wer sind Sie? Sie sind ja völlig durchnässt und was machen Sie in meinem Bett?", kamen völlig überraschend einige Frage, mit denen der Thermenleiter nicht sofort klar kam.

„Ja, nun Herr Pfarrer, wie fühlen Sie sich denn? Ich war schon sehr besorgt, schließlich war das ja eine gewaltige ..." Aber Eisenrings Synapsen befanden sich noch in der Neuorientierungsphase und waren nicht gewillt, andere Realitäten gelten zu lassen als die, die ihnen die wenigen verbliebenen Sensoren vorgaukelten. Alles

war durcheinander, er konnte sich an nichts erinnern und war sehr verstört. Und wenn Gerhard Eisenring verstört war, dann wurde er angriffslustig, die alten Kreuzrittergene eben.
„Wieso Pfarrer? Ich will jetzt wissen, wer ich bin, wer Sie sind - und was machen Sie in meinem Bett, verdammt noch mal!?“, wiederholte er die Frage, diesmal mit einer gewissen Nachdrücklichkeit in der Stimme. Schnitt beschloss, auf diese sinnlose Konversation überhaupt nicht einzugehen und den Verwirrten erst einmal aus dem Wasser zu ziehen. Mit seinen großzügig dimensionierten oberen Extremitäten umfasste er den Pfarrer wie einen Ertrinkenden und begann damit, den nun wild Zappelnden aus dem Pool zu ziehen. Außerdem musste er sich schleunigst eine Erklärung einfallen lassen, um allen hier zu begründen, was das gerade war. Aber im Vertuschen war Hans Josef Schnitt ein Meister seines Fachs, das lernte man schnell im Gesundheitsgewerbe. Der Kreis der Neugierigen hatte sich nun lückenlos um die beiden Protagonisten geschlossen und harrte teilweise misstrauisch, teilweise entzückt der spannenden Show, die da nun folgen sollte. Die bekamen sie auch zu sehen, und zwar durch den verwirrten Pyromanen Eisenring.

„Was glotzen denn alle so, machen Sie, dass Sie aus meinem Zimmer kommen, der Spaß ist vorbei!“, rief Eisenring laut und in dem Bestreben, sich irgendwo in einer Ecke alleine und für sich erst einmal sammeln zu können. Die ersten begannen zu grinsen und zu kichern. Hans Josef Schnitt begriff, dass seine Thermengäste das Ganze wohl für eine Art Überraschungsparty hielten und handelte geistesgegenwärtig blitzschnell. Er begann begeistert zu klatschen und rief so laut, dass auch jeder der Umstehenden es hören konnte:
„Einen Applaus für unseren Künstler und ein herzliches Dankeschön für seine gelungene Feuershow. Ich hoffe, unsere spontane Darbietung hat Ihnen gefallen, zusätzlich zu dieser kleinen Show spendiert Ihnen die Obermain Therme jetzt noch einen kostenlosen „Mai Scheich“ an der Bar“, rief er fröhlich in die Runde, woraufhin sich reihum begeisterter Applaus erhob. Auch das eine oder andere erleichterte Lachen war zu hören. Natürlich war jedem der Schaulustigen schon vorher klar gewesen, dass das keine Explosion, sondern eine von der Thermenleitung geschickt inszenierte Showeinlage zu ihrer allgemeinen Erbauung war. Fröhlich spendeten alle Beifall und trollten sich wild diskutierend an die Bar, um sich ihren kostenlosen Drink ab-

zuholen. Nicht ohne vorher noch dem tapferen Akrobaten respektvoll im Vorbeigehen für seine einmalige Einlage auf die Schulter zu klopfen. Eisenring nahm diese Huldigungen regungslos zur Kenntnis, innerlich war er immer mehr mit dem verzweifelten Bemühen beschäftigt, sein Dasein hier auf diesem Planeten irgendwie logisch herzuleiten. Aber so sehr er sich auch anstrengte, er kam nicht darauf, wer er war und vor allem warum. Mit hohlem Blick schaute er den in Richtung Bar abziehenden Badegästen hinterher. Genau im Moment der tiefsten Verzweiflung spürte er, wie ihn zwei kräftige Hände von hinten packten und mit brutaler Gewalt vom Ort des Geschehens weg zogen. Als er Anstalten machte zu protestieren, legte sich eine große Hand über seinen Mund, so dass er keinen Ton mehr herausbrachte, sondern es nur noch wild gestikulierend über sich ergehen lassen musste, wie er eiligst in Richtung Saunabereich weggezogen wurde.

Der Buddha

Peter Zillig schaute dem davoneilenden Schnitt noch eine Sekunde hinterher, dann handelte er schnell und gemäß seiner Ausbildung als Angestellter für Bäderbetriebe. Er schnappte sich eines der herumliegenden weißen Badetücher mit Thermenemblem und warf es der entblößten Gräfin über. Dann half er der schon nicht mehr verstört, sondern allmählich wieder gewohnt angriffslustigen Ursula von Zicklitz auf die Beine und setzte sie erst einmal auf einen Stuhl des Restaurants. Er bückte sich zu Clemens Prüdiger hinunter und besah sich das Schlamassel mit dessen Arm. Besonders schlimm sah das mit der Gabel eigentlich gar nicht aus, war sein spontaner Eindruck. Da die Wunde fast nicht blutete, hätte man fast meinen können, der Arm wäre nur für ein Theaterstück so hergerichtet und mit dieser Gabel bestückt worden. Allerdings hätte sich Clemens Prüdiger dann auch einen Oscar für sein schmerzverzerrtes Gesicht verdient, das war im Ausdruck verdammt authentisch. Peter Zillig überlegte nicht lange. Es war wohl am besten, die beiden Delinquenten, die sich gerade beruhigt hatten, erst einmal in den Sanitätsraum zu schaffen, bevor hier im Restaurant noch unerwünschtes Publikum auftauchte. Was da draußen im Außenbereich auch immer passiert war, es hatte zur Folge, dass er hier mit seinen Patienten in aller Stille verschwinden konnte.

„Also gut, Frau Gräfin, Clemens, ihr kommt jetzt alle beide erst einmal mit, und ich schaue, was ich als Erste Hilfe leisten kann, dann schauen wir weiter."

Die Gräfin wollte den Mund zu einem vorsorglichen Protest öffnen, aber Zillig schob sie sofort und unerbittlich in Richtung Kurmittelhaus, wo sich der Sanitätsraum befand.

Die Sonne hatte sich am Horizont langsam auf dem Weg nach unten gemacht, und ihre schwächer werdenden Strahlen trafen nun fast waagerecht auf den immer noch wie verwurzelt auf seiner Bank sitzenden Architekten der Obermain Therme, Herbert Möller. Es war ein wunderbarer Arbeitstag auf dem Staffelberg gewesen, und es tat ihm ehrlich leid, seine Bank nun demnächst verlassen zu müssen, denn in der Dunkelheit wollte er nicht zwingend absteigen. Irgendwie gingen ihm noch die Worte seines Freundes durch den Kopf, ob er wollte oder nicht. Natürlich hatte Herrmann als Studienrat keine Ahnung von der freien Marktwirtschaft. Lehrer dachten nur immer, sie hätten Ahnung von allem, was der prallen Wirklichkeit aber dann regelmäßig nicht standhielt. Wenn er sich recht erinnerte, waren unter Möllers ersten Bauherren auch viele Lehrer gewesen. Sehr zahlungskräftig, aber absolute Nervensägen. Wenn sie alles besser wussten, sollten sie doch ihr bescheuertes Haus selber bauen, hatte er sich irgendwann gesagt und sich in höhere Schichten der Gesellschaft vorgearbeitet. Trotzdem gingen ihm die Einlassungen Schleichers wieder und wieder im Kopf herum. Letzten Endes hatte ihm sein Freund ja eigentlich Faulheit vorgeworfen. Sehr durch die Blume, aber doch! Das traf ihn, Herbert Möller, in seiner Architektenehre. Öffentlich hätte er das seinem Freund gegenüber niemals zugegeben, aber so alleine mit sich musste er sich eingestehen, dass vielleicht ein Körnchen Wahrheit an Schleichers Bemerkungen war. Na gut, vielleicht konnte er es einrichten, auf dem Heimweg nach Kronach noch einmal kurz auf der Baustelle vorbeizuschauen. Er musste das nicht, er tat das quasi als freiwillige Überstunde, weil er sowieso in der Gegend war, nur um das einmal klarzustellen. Sehr zufrieden mit der Regelung, die er gerade mit sich getroffen hatte, betrachtete er die immer tiefer sinkende

Sonne und verschränkte die Arme hinter dem Kopf. Es wurde Zeit, den Staffelberg zu verlassen, aber noch konnte er sich nicht aufraffen. Ein bisschen würde er noch sitzen...

Hans Josef Schnitt zerrte den sich zäh verteidigenden Eisenring mit brachialer Gewalt, aber dennoch unauffällig über Schleichwege, Hintertüren und Gebüsche auf die Baustelle der neuen Saunalandschaft. Vorsichtig warf er einen Blick in die Runde. Es war fast Mittagszeit, und an vielen Stellen der Baustelle war niemand zu sehen. Die Russen waren wahrscheinlich schon besoffen, die Japaner auf dem Heimflug und die Tibeter auf der Suche nach dem nächsten Likördealer. Lediglich die Finnen bastelten irgendetwas an ihrem Dach herum, waren aber so mit sich beschäftigt, dass sie nicht wahrnahmen was rings um sie herum auf der Baustelle passierte. Hans Josef Schnitt hielt den Zappelnden mit eisernem Griff umfangen und kümmerte sich nicht im Geringsten um dessen Befreiungsbemühungen. Er brauchte jetzt erst einmal ein Versteck und dann einen Plan. Aber zuerst musste er diesen renitenten Luftakrobaten hier in ein schallsicheres Versteck verfrachten, bevor er noch mehr Aufhebens in der Öffentlichkeit machen konnte. Und dann brauchte er einen Plan. Der Blick Schnitts fiel auf die fast fertige tibetische Gebetssauna, vor der ein Kran aufmontiert war und an dessen Ausleger der goldfarbene Buddha hoch oben über dem Dach an einer kurzen Kette baumelte. Der Blick des Thermenleiters fiel durch die offen stehende Tür und auf den mannshohen Sockel, auf dem der Buddha später einmal ruhen sollte. Eigentlich war es nicht nur ein Sockel. In dem Sockel war ein kleiner Raum untergebracht, der allerlei Technik beherbergte wie Beleuchtung, musikalische Steuerung und Sicherungen. Es war zwar etwas eng, aber zwei Personen hatten hier gerade so Platz, vor allem war die Tür schallgeschützt, damit von der Technik keine Geräusche nach außen drangen. Schnitt überlegte nicht lange, sondern sprang mit seinem Gefangenen aus dem Gebüsch, versteckte sich dann erst einmal hinter dem neu errichteten Kran, um dann mit seiner menschlichen Fracht in die geöffnete Tür der fast fertigen tibetischen Sauna zu flüchten. Als er die Tür zu dem kleinen Technikraum erreichte, hob er seinen Blick noch kurz nach oben zu dem Buddha, der golden glänzend in der Mittagssonne, direkt über ihnen, am Haken des Kranes schwebte. Dann schubste er den geistig verwirrten Ortspfarrer hinein in den kleinen Raum des Sockels und schloss die schalldichte Tür sofort wieder hinter ihm. Als er den Schlüssel umdrehte, war von drinnen nur noch ein dumpfes Pochen zu hören, aber auch nur, wenn man das Ohr an die Tür legte. Zufrieden steckte Hans Josef Schnitt den Schlüssel in seine Hosentasche und machte sich auf den Rückweg ins „Prüdigers", dort wartete ja der nächste Brand, den er als Thermenleiter zu löschen hatte.

Der Sanitätsraum der Obermain Therme befand sich im Kurmittelhaus, direkt unterhalb der Büros der Thermenleitung. Gräfin Ursula von Zicklitz saß griesgrämig auf einem weißen Plastikstuhl und nippte an einem Glas Sekt, das ihr der Fachangestellte für Bäderbetriebe, Peter Zillig, noch auf die Schnelle besorgt hatte. Die Gräfin sagte ausnahmsweise einmal nichts, sondern versuchte die lautstarken Anwürfe zu ignorieren, denen sie sich seit geraumer Zeit hier, im Sanitätsraum, ausgesetzt sah. „Eine unglaubliche Frechheit ist das, sich einfach in meine Küche zu schleichen und sich dann mit seinem Hintern auf meine warmen Küchenplatten zu setzen!", rief Clemens Prüdiger, inzwischen weniger schmerzverzerrt als aufgebracht. Peter Zillig hatte ihm eine starke Schmerztablette gegeben, vor allem aber einen großen Schnaps. Im Ergebnis ließ der Schmerz in Clemens Prüdigers Arm nach, und die Wut nahm zu.

„Nicht nur, dass Sie sich illegal Zugang zu meiner Küche verschafft haben, nein, Sie haben auch noch die Frechheit besessen, mit gefährlichen Küchenwerkzeugen wild um sich zu stechen! Was wäre denn gewesen, wenn Sie womöglich nicht nur meinen Arm getroffen hätten, sondern ein viel wichtigeres Körperteil!?“, schrie Prüdiger außer sich und schaffte es nur mühsam, seinen Arm ruhig zu halten, der von Peter Zillig vorsichtig untersucht wurde.

„Wichtigeres Körperteil, pah, was soll denn das bei einem Mann schon sein“, gab die Gräfin giftig von sich, bevor sie einen weiteren Zug aus ihrem Glas nahm. Das Gesicht von Clemens Prüdiger lief puterrot an, und er machte Anstalten, auf die neben ihm sitzende Gräfin loszugehen, aber Zillig gebot dem ganzen Gezänk sofort und energisch Einhalt.

„Schluss jetzt, ich muss diesen Arm irgendwie verarzten. Clemens, du hältst jetzt mal still, ich werde das alles jetzt erst einmal verbinden“, meinte Peter Zillig, froh, einen sanitätstechnisch korrekten Entschluss gefasst zu haben. Prüdigers Gedanken machten sich erst einmal auf den langen Weg zurück von der Gräfin zu seinem durchbohrten Unterarm, in dem immer noch die Fleischgabel steckte. So ganz war ihm die Andeutung Zilligs aber noch nicht klar, da wollte er doch lieber mal nachfragen.

„Was meinst du mit verbinden, Zillig? Willst du nicht erst mal diese Drecks-Gabel aus mir rausziehen?" Zweifelnd drehte er den Arm mit der darin befindlichen Gabel hin und her. Aber Zillig schüttelte vehement den Kopf, er hatte sich das genau überlegt.

„Hör zu, Clemens, das ist eine ernste Sache. Ich kenne das von anderen Verletzungen. Wenn die Gabel beispielsweise in deiner Brust stecken würde, und ich ziehe die dann heraus, dann könntest du innerlich verbluten. Und so ähnlich ist das auch mit deinem Unterarm", erklärte er dem verblüfft zuhörenden Prüdiger.

„Also werde ich dir deinen Unterarm verbinden und die Gabel drin lassen, damit du nicht an inneren Blutungen womöglich stirbst, verstanden?" Peter Zillig wartete gar nicht erst auf eine Erwiderung Prüdigers, sondern begann sofort damit, dessen Unterarm mit einer weißen Mullbinde zu umwickeln. Aber nicht nur den, sondern auch die Fleischgabel versah er mit einer Mullbindenbeschichtung, so dass Prüdigers Unterarm schließlich aussah wie das Gesellenstück des Verhüllungskünstlers Christo.

„Ich würde den an ein Museum verkaufen", kam von links die bissige Zwischenbemerkung vom gräflichen Stuhl. Aber Clemens Prüdiger hörte gar nicht hin, er betrachtete nur ratlos seinen stillgelegten Arm.

„Und wie soll ich damit jetzt kochen?", fragte er Zillig ratlos, der aber darauf auch keine befriedigende Antwort geben konnte.

„Na, bis der Notarzt da ist, wird's scho irchendwie gehen", meinte er aufmunternd, überzeugte Clemens Prüdiger aber nicht wirklich damit. Allerdings wurden sämtliche Überlegungen schlagartig unterbrochen, denn die Tür des Sanitätsraumes wurde aufgerissen und der Leiter der Obermain Therme Bad Staffelstein, Hans Josef Schnitt, stand in der Tür.

„Was ist hier los?", kam von ihm sofort die laute und energische Frage. Ursula von Zicklitz begriff sofort ihre Chance und schaltete am schnellsten. Blitzschnell ließ sie den Bademantel, den ihr Zillig aus der Küche geholt hatte, von ihren Schultern gleiten, sprang auf und warf sich Schnitt mit einem lauten Schluchzen in die Arme.

„Mein Gott, sind Sie es, Herr Schnitt? Bin ich froh, dass Sie da sind und mich aus der Gewalt dieses Ungeheuers befreien. Ich bin jetzt mit knapper Not diesem blutrünstigen Metzger, der dieses Restaurant leitet, entkommen. Niemals hätte ich gedacht, dass ich völlig unschuldig und …“ Hans Josef Schnitt schaute zuerst völlig perplex auf die dürftig bekleidete Gräfin, die sich krakenähnlich an ihn klammerte, dann hinüber zu Peter Zillig, der anscheinend irgendeine künstlerische Übung mit dem Arm von Clemens Prüdiger veranstaltet hatte. Zillig machte ihm vorsichtige Zeichen und deutete vehement auf die Gräfin, die immer noch wie eine Klette an Schnitts Körper hing und wild vor sich hin brabbelte. Zillig wollte ganz offensichtlich, dass ihm irgendwer die Gräfin vom Hals und aus den Augen schaffte. War ja klar, dass dieser Job wieder an ihm, Hans Josef Schnitt, hängen bleiben würde.

„Ist ja gut, ist ja gut, Frau von Zicklitz“, meinte er sogleich so ruhig und besonnen und tätschelte mit der rechten Hand dem Klammeräffchen, das sich da um seinen Bauch gewickelt hatte, beruhigend den Rücken. Mit der anderen Hand winkte er energisch Peter Zillig zu sich heran, der zuerst erschrocken die Augen verdrehte, sich dann aber widerwillig in Bewegung setzte. Was sollte er auch machen, Schnitt war der Chef. Während sich Zillig mit mürrischem Gesicht auf den Weg machte, setzte der Thermenleiter das freundlichste

Gesicht auf, zu dem er fähig war, und meinte zuckersüß: „Sagen sie mal, Frau Gräfin, was ich Sie schon lange mal fragen wollte…“ Ruckartig hob sich der Kopf von Ursula von Zicklitz, ihre Augen schwenkten sofort nach oben, und man konnte richtig sehen, wie sich ihre Ohren aufstellten.

„Ja, was wollten Sie mir schon lange mal sagen?“, fragte sie nicht minder zuckersüß zurück und himmelte Schnitt an wie ein verblasster Teenager in der ersten Reihe vom Rolling-Stones-Konzert. Und Schnitt zog die Nummer gnadenlos durch, da kannte er nichts. Sie wollte es ja nicht anders. Wenn jemand Grund für Tröstung und Beistand hatte, dann der arme Clemens Prüdiger, der soeben vorsichtig die einbandagierte Gabel an seinem Unterarm betastete. Aber ganz bestimmt nicht diese Nerven sägende Gräfin hier.

„Ich wollte Sie fragen, ob sie nicht, sozusagen als Wiedergutmachung für die erlittene Seelenqual in unserer Restaurantküche, einen netten Abend an der Bar, vielleicht mit einem oder zwei alkoholischen Freigetränken auf Kosten des Hauses verbringen möchten. Selbstverständlich mit männlicher Begleitung, so lange Sie das heute auch möchten. Und dann vergessen wir die ganze Sache ja?“ Schnitt grinste wirklich so breit er konnte, mehr ging einfach nicht. Und Ursula von Zicklitz war sehr wohl mit diesem Angebot einverstanden, sie konnte, im Gegenteil, ihr Glück kaum fassen. Ein ganzer Abend alleine, nur Hans Josef und sie. Endlich gab er auf? Dann hatte das stetige Zupfen und Zerren an dem Mann ja doch etwas gebracht. Dann war seine eisenharte Fassade schlussendlich doch zusammengebrochen, sie hatte ihn doch noch weichgekocht. Super! Das war ja unglaublich, natürlich würde sie nicht nein sagen und sofort annehmen. Einen Moment lang wollte sie sich noch reflexartig, wie früher, ein wenig zieren und zicken, um das Verlangen des Thermenleiters nach ihr noch etwas zu steigern, aber sie ließ es dann doch sicherheitshalber sein, nicht dass sie wieder vorschnell ihren Marktwert überschätzte. Also schmiegte sie sich umgehend schlangengleich an Schnitts massiven Korpus und schnurrte ein.

„Aber natürlich, Hans Josef, nichts lieber als das!" Zwei kräftige Männerhände fassten sie kraftvoll, aber vorsichtig, an beiden Schultern und zogen sie unwiderstehlich nach oben. Sie lächelte willenlos in das Gesicht ihres Angebeteten, und auch er strahlte sie an.

„Du bist also damit einverstanden Ursula?", fragte das Engelsgesicht über ihr.

„Aber natürlich bin ich damit einverstanden“, hauchte Ursula Zicklitz in der Annahme, der große starke Mann würde sie jetzt küssen und schloss die Augen.
„Sehr gut“, entfuhr es Hans Josef Schnitt erleichtert. Dann drückte er die verdatterte Gräfin mit ausgestreckten Armen dem inzwischen neben ihm stehenden Zillig aufs Hemd mit den Worten:
„Na dann ist ja alles in bester Ordnung. Herr Zillig wird sich um sie kümmern, ich habe noch zu tun. Viel Spaß noch euch beiden.“ Dann küsste er die erbleichte Gräfin tatsächlich, allerdings nur kurz, auf die Hand, drehte sich um und entfleuchte durch die Tür des Sanitätsraumes, die er sofort von draußen schloss.

Eisenring war zuerst total verdattert, dann wütend, dann panisch. Nachdem er den kleinen Raum an allen Ecken und Enden nach Fluchtmöglichkeiten durchsucht hatte, gab er irgendwann auf. Seine Muskeln spielten nicht mehr mit, sein untrainierter Körper schlotterte aus diversen Gründen wie Espenlaub und sein Geist war einfach nur müde. Einen vernünftigen Ton brachte er auch nicht mehr heraus, die unablässige Schreierei hatte seiner Stimme den Garaus gemacht. Um ihn herum war Stahl und Beton, lediglich die Decke des Räumchens schien etwas dünner gestaltet zu sein, was ihm letztendlich aber auch nicht weiterhalf. Natürlich wusste er nicht, warum er hier war. Sein Gedächtnis hatte sich irgendwie verabschiedet, und er hatte auch keine Ahnung, wie er in diese Situation geraten war. Dieser große, kräftige Mann hatte ihn mit „Pfarrer“ angeredet. War er Priester? Wenn ja, welche Konfession? Irgendwann war alles zu viel für den Amnestierten, und er schlief in einer Ecke des kleinen Raumes einfach ein.

An das Blatt der Sanitätsraumtür gelehnt atmete er erst einmal tief durch. Was da drinnen jetzt los war und ob der Fachangestellte für Bäderbetriebe, Peter Zillig, die nächsten Minuten überleben würde, war ihm einigermaßen egal. Er hatte ein Problem zu lösen und das hieß Gerhard Eisenring. Aber vorher war noch eine Kleinigkeit zu regeln, sonst kam er heute gar nicht mehr zu einem Essen. Er holte sein Handy heraus und wählte die Nummer seiner Chefsekretärin.
„Hallo Diana. Frag bitte nicht, was los ist, sondern tu einfach, was ich sage. Wir haben einen Notfall..., nein eigentlich zwei, aber einen habe ich schon mit Zillig in die Bar abgeschoben..., ja es gab ′ne Explosion ...,

nein, es ist nichts Schlimmes passiert ..., nein ich rufe nicht wegen der Explosion an ..., was los ist? Das willst du gar nicht wissen, Diana. Was ich von dir will, ist folgendes: Unten, im Sanitätsraum, sitzt der Prüdiger aus dem Restaurant. Die Gräfin hat ihm 'ne Gabel in den Arm gerammt ..., 'ne Gabel du hast schon richtig verstanden ..., ja die ist noch drin ..., das weiß ich doch nicht, verdammt noch mal, Zillig hat gemeint, das gehört so ..., nein du sollst niemanden verarzten, Diana, du kommst jetzt runter und beförderst den Prüdiger zurück in seine Küche, der soll gefälligst was kochen, ich habe Hunger ..., das wird schon gehen, so lange ist die Gabel auch wieder nicht, außerdem hat Zillig sie ja mit eingebunden ..., das ist mir egal, wie das aussieht, Diana, es sieht ja keiner. Du schleppst den jedenfalls zurück in die Küche, und wenn's sein muss, hilfst du ihm, ich hab Unterzucker, verstanden?!" Wütend drückte Thermenleiter Schnitt die rote „Aus"-Taste und stapfte davon. Alles Idioten, und er war der Chef.

Gerhard Eisenring erwachte. Ganz langsam erhob sich sein Bewusstsein aus den schrecklichen Träumen, die ihn übermannt hatten. Träume von Weihrauchkesseln,

Sprudelbecken und explodierenden Ministranten. Alles Schwachsinn. Vor allem der letzte Traum, an dessen Ende er nun aufgewacht war. Der als vermisst gemeldete Scheich Abdullah Machmadinedschad stand als Gerippe, aber immer noch mit Tuch und Turban bekleidet, vor ihm und deutete mit knochigen Fingern auf ihn.

„Ich sehe dich!“, rief das Gerippe immer wieder und fuchtelte mit den Fingerknochen andauernd vor seinem Gesicht herum. Schon im Traum hatte er keine Ahnung, was der gute Abdullah eigentlich von ihm wollte.

„Ich sehe dich!“, rief der Entleibte immer wieder und deutete mit nicht nachlassender Penetranz auf den träumenden Eisenring. Nur ganz zum Schluss, gerade als Eisenring beschloss, dass es nun genug sei und es besser sei, nun endlich aufzuwachen, da ganz plötzlich änderte sich die Perspektive des Traumes, und Eisenring fand sich ganz plötzlich im Körper Machmadinedschads wieder. Über sich sah er sprudelndes Wasser, Beine, die im Wasser planschten. Dann sah er sein Gegenüber, das aber nicht er selbst, sondern Hans Josef Schnitt, der Thermenleiter, war.

„Ich sehe dich!“, rief er nun selbst dem Thermenleiter

zu, der ihn aber nur angrinste – und genau in diesem Moment war er aufgewacht. Es dauerte ein paar Sekunden, bis er begriff, wo er war, dann, schlagartig, begriff er auch alles andere, vor allem seinen Traum. Es war alles wieder da, sein Gedächtnis wieder voll funktionstüchtig. Er hatte sich nur einmal komplett abgeschaltet, geschlafen und den ganzen Computer neu hochgefahren. Und jetzt lag die ganze schreckliche Wahrheit vor seinen Augen. Der Scheich, die Explosion und sein Gefängnis, in dem er steckte. Und jetzt war ihm auch klar, dass Schnitt hinter alldem steckte. Hans Josef Schnitt hatte den Scheich verschwinden lassen und hatte ihn jetzt hier eingesperrt. Das konnte sein Todesurteil bedeuten, so viel war klar. Aber nicht mit ihm, dem Ortspfarrer Gerhard Eisenring. Mit Mut, Engagement und Gottes Hilfe würde er einen Weg aus diesem Raum hier finden. Wieder machten sich seine nun ausgeschlafenen Finger auf den Weg, um die Wände abzutasten. Und tatsächlich, ja was fühlte er denn da? Die Decke des Raumes war ja gar nicht aus Beton, die war ja aus Holz. Zwar schienen das recht massive Bohlen zu sein, aber mit einem scharfkantigen Metall konnte er sich vielleicht einen Weg bahnen.

Fieberhaft suchten seine Hände in der Dunkelheit nach einem geeigneten Werkzeug.

Hans Josef Schnitt hatte beschlossen, sich für den Rest des Tages zu verkriechen und zu überlegen, was er tun sollte. Er beobachtete, wie Zillig mit der wild gestikulierenden Gräfin in der Bar verschwand, wie seine Sekretärin Diana Bockstädter mit Clemens Prüdiger an der Hand zum Hintereingang des Restaurants schlich und wie schließlich auch der letzte der ausländischen Bauarbeiter sein Werkzeug aus der Hand legte und im Wohncontainer verschwand. All das war normal, fast romantisch. Aber all das beschäftigte den Thermenleiter Hans Josef Schnitt nicht im Geringsten.
Eisenring würde sich früher oder später an alles erinnern, und dann war er fällig. Der Ortspfaffe würde allen alles erzählen. Sie würden sein neues Warmwassersprudelbecken wieder aufbaggern und den verschwundenen Abdullah ausgraben. Und selbst die begriffsstutzige fränkische Polizei würde eins und eins zusammenzählen und herausfinden, dass er, Hans Josef Schnitt, hinter alldem steckte.
Aber wie sollte er das jetzt anstellen. Wie sollte er

Eisenring um die Ecke bringen? Das mit Abdullah war ja wenigstens noch im Affekt passiert, da konnte er ja eigentlich gar nichts dafür. Aber das hier, das würde jetzt mit Absicht passieren, das war neu für ihn. Und selbst wenn er es schaffte - wohin mit Eisenring? Es gab hier nichts mehr zu betonieren. Schnitt raufte sich die Haare, während er in der allmählichen Dunkelheit in der halbfertigen russischen Sauna saß und verzweifelt auf den hoch in der Luft schwebenden Buddha starrte, der ihm gegenüber, hoch über dem tibetischen Saunadach, bleich im Mondlicht schimmerte. So saß er da, bis es komplett dunkel wurde, drüben in der Therme die letzten Badegäste verschwunden waren und sich eine unheilvolle Stille über das neue Saunagelände legte.
Aber nicht ganz. Drüben aus der tibetischen Gebetssauna war ein leises, aber deutliches Schaben zu hören. Schnitt ahnte das Schlimmste. Er spurtete zur Sauna, und nun vernahm er es ganz deutlich: Oben, von der Decke des Technikraumes, war ein leises Schaben und Knirschen zu hören. Er stellte sich auf die Zehenspitzen und konnte sehen, dass sich ein Stück abgebrochenes Wasserleitungsrohr langsam, aber konsequent durch das Holz der Kammerdecke

arbeitete. Verdammt! Er rannte wieder nach draußen, bis er keuchend am Kran zum Stehen kam, der den Buddha ins Mondlicht streckte.

Hektisch überlegte er, was er nun tun sollte. Es würde nicht mehr lange dauern, dann würde sich Eisenring durch die Deckenbretter gearbeitet haben. Dann war alles vorbei.

„Na, Herr der Therme, wie läuft's denn so mit der Baustelle?“, tönte eine lang vermisste Stimme hinter ihm. Auf dem Absatz machte er kehrt und blickte, völlig verblüfft, in das strahlende Gesicht von Architekt Herbert Möller, der seinen Wanderstock hob und hinauf zu dem schwebenden Buddha zeigte.

„Sag mal, Hans Josef, was soll denn das werden? Wollt ihr dem Kerlchen da oben das Fliegen beibringen, oder wie? Auf jeden Fall ist das nicht zulässig, über Nacht darf nichts am Kran hängen, das ist viel zu gefährlich. Der Buddha muss runter. Mensch, einmal wenn man nicht auf der Baustelle ist“, meinte Möller weniger ärgerlich als vielmehr amüsiert, während Schnitt immer mit einem Auge in das Halbdunkel der Gebetssauna linste, ob Eisenring schon zu sehen war. Dann, endlich, hatte er den rettenden Einfall.

„Also gut, Herbert", rief er entschlossen. „Dann zeig mir mal, wie man so einen Kran bedient, das wollte ich schon immer mal lernen." Sprach's, kletterte in das blaue Führerhaus des Krans und setzte sich an die Armaturen. Herbert Möller setzte ein schiefes Grinsen auf, dann schüttelte er den Kopf.
„Von mir aus, Hans Josef, aber wenn du den Buddha verlierst, zahlt des die Therme alleine und keine Versicherung, verstanden? Du hast nämlich keinen Kranführerschein." Hans Josef Schnitt schaute ihn böse an.
„Sach einfach", meinte er dann nur kurz und dringlich. Möller seufzte kurz, dann fing er an zu erklären. „Also, als erstes den Schlüssel in der Mitte nach rechts drehen, dann gehen die Lichter von den Armaturen an." Schnitt tat, wie ihm geheißen, und viele Lämpchen leuchteten plötzlich auf. Außerdem war ein dumpfes Brummen zu vernehmen, was gerade noch rechtzeitig das Knirschen übertönte, das aus dem Saunahäuschen zu hören war. Schnitt sah, dass sich ein Arm mit einem Eisenrohr in der Hand aus der Decke des Buddhasockels reckte und knirschend Holzteile auf die Seite stieß. Da Möller aber zum Kran hinaufschaute, kriegte er den Befreiungs-

versuch nicht mit.

„Und jetzt, was mach ich jetzt?“, rief Schnitt, während er hektisch zur Sauna hinüberschielte.

„Jetzt nimmst du dir die zwei großen Hebel vor. Den roten und den blauen. Mit dem blauen kannst du den Buddha rauf und runter lassen, mit dem roten nach rechts und links schwenken.“ Alles klar, dachte sich Schnitt, während er beobachten musste, dass ein gewisser katholischer Kopf sich anschickte, sich durch die Holzdecke des Sockels zu quetschen.

„Was du auf gar keinen Fall anrührst, Hans Josef, ist dieser rot blinkende Knopf rechts unten auf der Armatur. Das ist ein Notaus. Bevor ein Kran kippt, kann man mit dem Knopf schlagartig seine Last fallen lassen. Dann ist die Fracht futsch, aber der Kran steht wenigstens noch, klar?“

„Alles klar“, rief Schnitt, und in seine Augen trat ein Leuchten. Seine große Hand schwebte bereits über der rot blinkenden Nottaste, dann warf er einen letzten Blick zur Sauna hinüber.

Da, er hatte etwas gefunden. Seine Finger schlossen sich um ein massives Eisenrohr, das an der einen Seite scharfkantig abgebrochen war. Perfekt.

Er fing an, die Decke zu bearbeiten. Keuchend und schwitzend arbeitete er sich Millimeter für Millimeter durch das Holz. Er hatte jegliches Zeitgefühl verloren, als endlich ein dünner, bleicher Lichtstrahl durch einen schmalen Spalt fiel. Endlich, er hatte es geschafft. Jetzt hatte er gewonnen. Mit frischen Kräften hebelte er immer größere Stücke aus den Brettern, bis schließlich sein ganzer Arm hindurchpasste. Als er ihn wieder zurückzog, sah er hoch über sich einen großen, messingfarbenen Buddha an einer Krankette schweben. Sofort legte sich ein Schatten auf seine Seele. Diese Obermain Therme scheute aber auch vor gar nichts zurück. Nicht nur, dass hier einfach Leute umgebracht wurden, nein, was viel schlimmer war, hier wurde auch noch heidnischen Religionen Vorschub geleistet. Aber wenn er erst mal hier raus war, würde sich das alles ändern, dann würden hier radikal neue Sitten einkehren. Ein Buddha, unglaublich. Wütend wie er war, schaffte er es, seinen Kopf durch die runde Öffnung zu quetschen und um sich zu schauen. Zuerst sah er nur eine hölzerne Saunawand. Dann, als er den Kopf um 90 Grad nach links drehte, schaute er durch eine große Lücke im Dach direkt in das verbissene Gesicht seines verhassten Gegenübers, Hans Josef Schnitt. Dann sah er nur noch, wie die Hand des Thermenleiters nach unten fiel und über seinem eigenen Kopf etwas metallisch knackte.

Der 300 Kilogramm schwere Buddha fiel nach unten, drückte den ihm zugedachten Sockel auf Schuhkartongröße zusammen und durchbrach anschließend noch den Boden der Sauna, bis er mit allem Sammelsurium in dem kleinen Keller darunter liegen blieb. Auch der Buddha selbst überlebte das Manöver nicht und zerbrach mit einem glockenartigen Scheppern in zwei große Teile. Herbert Möller und Hans Josef Schnitt standen einen Moment schweigend an dem zertrümmerten Fußboden und schauten in das staubige Loch zu ihren Füßen.

„Du bist doch der größte Depp, der hier rumläuft“, meinte Möller lakonisch und deutete verdrossen mit seinem Wanderstock im frischen Loch herum.

„Und jetzt, was jetzt? Das zahlt dir kein Mensch, du Dilettant, grad hatte ich es dir noch gesagt.“ Doch Hans Josef Schnitt war nicht wirklich frustriert, er hatte bereits eine Lösung parat.

„Pass auf, Herbert. Ich brauch kaan Buddha und aach

kaan Keller. Die soll'n in dera Sauna schwitzen und beten und sonst gar nix. Du bestellst morchen früh Beton, mir machen des Loch da einfach zu, und dann Schwamm drüber, glar?"

Herbert Möllers Gedanken schienen in eine ähnliche Richtung gegangen zu sein, denn er nickte nur wortlos. Er ging die Rechnung im Kopf bereits durch, dann meinte er kurz und knapp: „Das sind ca. 27 Kubik Beton. Die lass ich morgen früh um sieben Uhr von einer anderen Baustelle herfahren, dann könnt ihr hier sofort weitermachen." Dann schaute er demonstrativ gelassen noch einmal auf den zersprungenen Buddha und meinte gelassen: „Schafft ihr das morgen alleine hier, weil ich eigentlich was anderes, wichtigeres, zu tun habe." Sprach's und hob seinen Blick, um sehnsüchtig das erleuchtete Gipfelkreuz des Staffelbergs zu betrachten. Aber Hans Josef Schnitt hatte keine Einwände, ganz im Gegenteil. Das erste Mal an diesem Tag war er froh, wenn er den Architekten nicht mehr seh'n würde.

Als Möller gegangen war, schaute Thermenleiter Hans Josef Schnitt noch eine Weile nachdenklich in den zerstörten Kellerraum.

„Tja, da bist du platt, Eisenring", murmelte er verbissen in sich hinein, bevor auch er sich umdrehte und sich anschickte, endlich diesen unsäglichen Tag zu beenden. Wenn diese ganzen Gäste hier nur wüssten, was so eine Therme für eine Arbeit machte.

- Fortsetzung folgt -

Website zum Buch: www.thermentod.de

Werte Leserschaft,

als Landrat kann ich nur entsetzt über die Vorgänge in meinem Lieblingsvorzeigeobjekt, der Obermain Therme sein. Statt die Leichen ordentlich zu entsorgen, schließlich hat unser Landkreis einen Spezialisten für Tierkörperbeseitigung mit Zugang zu entsprechenden Anlagen, wird hier mal wieder einfach Beton über die Sache gegossen. Und das schon zum zweiten Mal. Nun ja, nicht alle Angestellten können so perfekt sein wie ihr Chef, der Landrat.

Wenigstens hat Hans Josef Schnitt alles bei mir gebeichtet – und wir werden schon eine Lösung finden, dass hier nicht direkt vor der nächsten Wahl ein Thermen-Skandal an die Öffentlichkeit kommt. Da würde sich die Presse wieder über MEINE Unfähigkeit das Maul zerreißen, von wegen Verantwortung übernehmen und so...

Immerhin ist diese – für unsere fränkische Geistlichkeit sowieso untragbare – Buddha-Statue am Ende zerstört worden. Das gibt mir die Gelegenheit, meinen ursprünglichen Wunsch in die Tat umsetzen zu lassen – ich hab ja jetzt was gut bei Hans Josef. Die neue Zierde der Sauna wird wieder eine lebensgroße Bronzestatue sein, die zum Nachdenken und zur Meditation anregt. Ich hoffe nur, dass der Künstler in der Lage sein wird mein markantes Profil auch gut zur Geltung zu bringen.

Mit freundlichen Grüßen,
Ihr Landrat Christian von Meißen

Lieblingsplatz vom Architekt Herbert
Möller auf dem Staffelberg

Bildquelle: Kur & Tourismus Service Bad Staffelstein

Kurzportrait – Helmut Vorndran

Helmut Vorndran, geboren 1961 in Bad Neustadt/Saale, lebt mehrere Leben: als Kabarettist, Unternehmer und Buchautor. Als überzeugter Franke hat er seinen Lebensmittelpunkt ins oberfränkische Bamberger Land verlegt und arbeitet als freier Autor unter anderem für Antenne Bayern und das Bayerische Fernsehen.

Mehr Informationen: **www.helmutvorndran.de**

Helmut Vorndran „bei der Arbeit"

Verschenken Sie unser Krimi-Arrangement:

- Grenzenloses Bade- & Saunavergnügen
- Taschenbuch „Der Fall Buddha“
- Zwei-Gang-Bademantel-Menü
- Cocktail „Mai Hai“

Preis: 45,00 €

Stand 11/2014. Änderungen vorbehalten.